U0629129

诗歌风赏

大地花开

2013年第一卷
总第001卷

Poetry wind Tours

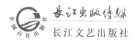

长江出版传媒
长江文艺出版社

诗歌风赏

主　　编　　娜仁琪琪格

编　　辑　　爱斐儿

　　　　　　纳兰容若

美术设计　　苏笑嫣

排版制作　　刘红艳

大地花开

娜仁琪琪格

现代诗歌发展迅速，当下诗歌壮观浩大，网络诗歌的兴起为其注入了恣意汪洋的活力，庞大纷繁的水系纵横交错，无羁地奔腾，最终汇入当下诗歌的洪流。在浩大壮观的诗歌海洋中，女性诗人风起云涌，她们以自由、个性、学识、才情舒张着生命的律动，抒发着生命的感知，以及对自然世界、对万千生命的理解和关怀。她们是神的孩子，是上天选择的使者，她们来到世间，经历风雨与磨难，那些泥泞里的挣扎、烈火中的锻打、山重水复的艰辛，只为见心明性，瞬间偶得，以微妙而准确的感知，替万物生灵解意、言说。她们是风的指向、花开的声音、露珠的剔透，也是巍峨的群山、恣意的汪流……每个女诗人都有天使的翅膀、天使的歌喉，执行着神的旨意。世界诗坛，从来都有女诗人的半壁江山。她们各持一方田园，开花，结果，做着自己。然而，只要汇聚在一起就是大千世界，芬芳无边。

时间苍茫，宇宙宏阔，"诗歌风赏"从洪荒之始便已存在，在风雅颂的典籍之中，在自然历史的河川之上。而我们在这里展卷，执笔抒写，挥毫泼墨，是继承也是创新，是人类精神与艺术的薪火相传。"大地花开"是优秀女诗人的一次汇集，她们带着全新的自己、亮丽的华彩、陌生的视域尽展自然本色、生命本真以及个体生命的丰富。

《诗歌风赏》书系创办的是女性专刊，展示当下诗坛优秀女诗人的作品，发现、挖掘有潜质的新人。阴阳守恒，交相辉映，我们也会适时地策划选题，以女性的视角看当下诗坛、当下诗歌与文学艺术。

目录 contents

独秀

OUT SHINE
POETRY WIND TOURS

　　郑皖豫，女，上世纪七十年代生，河南许昌人。
作品发表于《诗选刊》《读者》《人民文学》《诗
歌月刊》《红岩》《中国诗歌》等。

菱形太阳（组诗）

郑皖豫

胭脂血

太阳和月亮
这两样与地球无关的事物
带来它的光明和深暗。时来
万物在运转
一座生命
我像地球轴心那样
身不由己，生长
富于幻想、现实、水
从三十岁，我这个经营诗歌的寡妇
风雨不会因为写作放过我的窗户
野草是荒原的人间
情爱是炼狱。星星是我和天堂

在我空洞的面具背后
是我胭脂一样的血经年在流动
撞击心脏的时候，使我双目含情
巡视这人间。只有在你面前
它忘记了敲钟

现在我只崇爱情

对于我
蝴蝶

往往如同惊鸿
总是那么一瞥，再瞥，万事在动，转眼皆空

我这个立春出生的女性
打过补丁，患过重病，不被爱情宠爱
也被男人穿过生命，现在
安静的坚果，裂开它羞卑、苦涩的往事随风
现在我只嗅鲜花
现在我只崇爱情
如孑然
把《圣经》当诗歌
把诗歌当政治生命
现在我只谈笑并低头拭泪
鬓边的一丝白发随同马尾供你默叹：
那么多年
那么多年
竟不是你怀抱之人。
竟是几年
恍若银河

囚　主

我是自己的主
给自己制定法律
剥削自己
教导我
深爱
仇视
我医疗自己
只我一人
配备了一切，自然性，社会性
想占有我

那个内心小小的我
不停地祈祷、伏罪以及反动、暧昧

菱形太阳

太阳呈菱形长在天上，谁敢欺侮
我们，只敢望望天空蓝润的幽体和它一只月季花般的乳房
下午两点过半，茶架、中国海棠，在血红色的窗帘上
绘出藤蔓的蛰伏行状
为了加强信仰，身体如此凌乱，我最强的风暴永远来自内心
另一张脸来自对方
我们在空中互望
你，潮红的左脸，布满死亡的皱纹
两只黑寡妇蜘蛛，在我的脸上，没有享受到猎物到来的震颤
你望着我，菱形太阳，一片茫然，黑发像光芒披散

别　园

天空从不属于鸟
大海亦非鱼之宫殿
平原不是我的家园。太阳像只黄蜜蜂，在那清晨的高山巅

无与伦比的太阳
和夜晚它睡觉的姿容
造成时空一时这样，一时那样
晨曦，一件披肩，刚刚披在身上
我像只鸟坐在
狭长的阳台，丝袜性感入鞋
一只放地板，一只倾空
各种花陪伴寂寞
海棠，海棠，海棠
现实主义的我，被放在理想主义的别园

翅膀一如翻页，天空上一只鸟
所有的羽毛在它身上，或我手上
文学是否就是扯落
他（她）所有的羽毛？

一群从垃圾堆上起飞的麻雀

在布满落叶之美和残雪的垃圾堆上
一群麻雀霍地飞起
有些甚至穿过了铁栅栏
它们飞向了同一个天空：和昨天无二
但是不知何故
月亮像姐姐一样
坐在倒置的庭院里，一地亚麻布的下午
麻雀穿过落叶残雪铁栅栏，甚至永恒的诗意
像生命永被搁在弦上

我抬头望了望十二月的天空
——一件女友送的长袍

脖颈处，脊柱的第二块突起，顶着"无有"
月亮穿着它
一群赶路的麻雀
出现、消失
一如我出现、消失于你。噢，原来这样
我唯有与世界长存

飓　风

大地起立奔跑，飓风
想寻找一个人和一间卧室
在平静下来时，看她瑟瑟发抖，身着时代的外衣
原始从未离我而去

像真正的囚犯
白色的月亮，隔窗递过来饮料
飓风是一只发狂的母鸡
它在寻找我

飓风史诗般将刮过今夜

小小驿站
我在

隔壁一匹母马
多么希冀带它而去

在这世上
我们相互破坏，却又保持着各自的完整
是孤独强力黏粘
以求灵魂有个安栖之所

像马儿起来去远方饮水

只要有天空足够
只要有一两只鸟供我冥想
只要有一棵树让我瞬间依靠
只要有一株草在我躺下的脸旁绿着
只要有水远在天边让我像马儿去那里饮用

我不谈梦
梦来自黑夜。倘使消失，它无处不在
最好的梦永远在我的二分之一脚印里窝藏
凡是我走过的，永不会消失
时间带着它飞翔

愿我感受光明的另一部分
用失去双唇的代价，你知道
这一生，它承载许多。其一是为生命解说
双唇辩可救国
当肉体消失
再精彩华章也只为虚无代言
尽管虚无一再提醒

土啊，你牢牢锁住的我的白骨
其时已神秘解散

再也没有谁
能禁锢它的血肉使它看起来像人

独立高楼

从单纯的喊声
我们制造了机器的轰鸣
如此能惊醒星星吗
它们看起来更加昏昏欲睡

星星只对沉寂的民族和黑夜感兴趣
月光穿过无声的叶群
基本的欲望
当太阳落下，一切都安息
除了性，像大地那样起伏呼吸

而今星星远去，只剩背影
只剩孤独的月亮，月亮和我
不能生育
无法狂乱
原始的迷情正失家园。像一个女人和另一个女人

春 雪

黑夜的局部下着白雪，犹如自由的天鹅
犹如消失的美好，重返，向着黑夜的暗河
我是几朵莲花深沉的根部。今夜，一间暗室
我望见人间所有的天鹅，在空中飞舞，落下，互相致意
生活是一抬豪华的棺，缓缓向东
亿万朵洁静的雪花为我而舞
天气是一种仪式
我心中的天鹅
终于是它们的样子

既不喧嚣
亦不呐喊，甚至相互的一种触碰，都是
退让、吻，而非击掌

我不发情，不止礼
明年的莲花会是什么样子
河水狂澜恐无荷花挺出水面。四十不惑

棺向东，美向西
感谢雪花相陪，天地间
犹如一句又一句呈文被驳回

黑夜情人

我被你爱着
又爱着你
我的世界只有一盏灯光。只有在我熟睡的时候
你才会旋转
像个绅士那样，怀抱我，跳着探戈
然而我坐立窗前
头上悬着数不清闪亮的玫瑰，你的嘴唇，多情而变化
低垂而冰凉

我为何如此忧伤
亿万朵玫瑰也不能让我幸福。总是在我点亮灯盏的时候
你不敢触摸一个女人孤独的肌肤
在我睡着的时候，你也只抚摸我的额头
并亲吻我紧闭的嘴唇，使之开口说话，在梦中
讲那白天不敢对任何人甚至纸页讲的话
对你惊叫，愤怒，柔情，放荡，恐惧，啜泣

有时我睡着了，你睁着眼睛
有时我睁着眼睛，你睡着了，而且那样疲惫
有时你日理万机，穿云度时，有时又无所事事
便只做一件事

整个天空
望着我，他们说我深藏。那是因为你告诉我
只有在爱我的人面前我才可以
交出自由的词语

夜　棋

我的冬天像一只流浪的灰猫
那么胖
毫无饥饿感
目光冷酷而深远。城市
经济只有一个烟囱的形式？

癌症是一个地图
没有病人会走得出病房

夜深了，流浪的猫流浪的狗在下一盘棋
没有观众，时间在往时代里不断加入黑咖啡
上面漂浮着星星

月光是一把钥匙
所有的梦
像银河那样旋转，那些在旋转中沉淀的领袖、理想、头颅
月光不停地搅动我

窗　户

从一个女人脸上
你可以看到她的婚姻

火车正从一节延伸到一列
从一个人，到几个人，到一个被装载的时间段
所有的方向在一个毛线团上
哐噹，哐噹

村庄，城市，大河横隔
两根针长长的，没有尽头。生恐黎明到来

在一个版图上
她的孤独立刻织成蛛网，捕捉了自己
她对他们没有欲望
她好不容易走进来
独享她自己

火车如此惶急
吞食着时光、时代
在一个社会的脊背上爬行
熟睡、昏昏欲睡、假寐、夸夸其谈
她穿过一节又一节车厢
忧郁的她
忧郁的夜
她坐着把脸庞偏向窗外

身体院落

图书馆有墙使我必须走过安检的门
我会不会偷书？
可以肯定我会把书还回去
——一本读过的书毫无意义存放
假若它无声地放入脑海立刻被风浪打散
既不漂浮，也不沉潜

假若我想再次阅读
想被一本书的作者他的灵魂及废话再次占有
再次走入他的树林
他的灵魂如同花瓣
不断召唤，不断绽放
抽烟，自杀，定罪，在墙那边

一座堡垒，我的肉体

纵使残垣断壁皆因沉默，完好
从不透漏国家机密和我爱过的男人

现在
我背过身去
在电脑里面打洞
看到如同鼹鼠的世界
——野蛮不因文明而消亡。在墙这边
抽烟，码字，等待定罪或者内心无罪释放

时间之弦

郑皖豫

在阴雨拨弄调试时间之弦的日子里，诗歌也来开始拨动我的命运之弦，大概是我在一间屋子闲置了太久。

无论身处囚室或者围城，纵使无窗或者无门，一个人，但凡一个人，它总有思想与外界联系。

何况有窗有门，窗外的梧桐树，接受二十一世纪初的雨水，雨天总是阴着的，啪啪哗哗，一滴来临，数滴赴汤，每天如此的剧情。一个人的电影院。中原没有东海、北国、西疆、江南的风光和人文，但中原有着中原地域的男人和女人，有着微战争和无力的和平影像。窗外的火车，有 N 条轨道，像时间的卡轨和反复，在每天的同一车厢，耳中忽然驶进笛鸣。

我一妇人的孤独，烦恼，抗争，在电脑中打开另一世界，那里有文字的绿植园，无论生活多么平庸现实，无论灵魂多么懦弱客观，我都可以身处其中，一如玫瑰和刺。

形单影只所致精神过度富有像个暴发户而挥霍汉字，在零点的寂静人世，一个女人狂欢的路上。没有声音，我听到内心的声音；没有月光，我铺展汉语的蜡烛。像一个人蹲在今世一条秘密的河流，既非梦境亦非真实之江山，丢下一字，一字的荧荧烛光远去，寻找它的理想国度。

在真实世界里，我是一个毫无反抗的人，我的矛不是用于外御，而是倒戈向我的内心，好像我的内心就是战战兢兢不主事的国王，近似于自虐，逼我的灵魂站出来说话。

我是一个无盾之人，所以我的城门常常关闭。"荒芜满院不能锄，甑有尘埃瓯乏蔬。"你明白寂寞荒草疯长的感觉吗？我有季节的雨水，朝朝与暮暮；我有情绪的泪水，事事与件件。

我是那么地喜欢雨！喜欢看雨、听雨、亲临雨的世界。雨是我与世界的唯一和解。我感觉世界之大我很孤独。孤独并不来自世界，而来自身边。我有内心的世界，葳蕤极了，令我常常自语，后来，诗神来找我，要我把它们形成文字。

我是那么地喜欢流泪，泪是通过我眼睛的窗口，向整个世界妥协。

有一个声音，有一股力量，诗是我向世界发动的唯一战争。

我感谢我还能哭，还能写！以此缓解精神围剿。我庆幸我是女性，以女之身体验着；我庆幸我是诗人，以诗先渡己，后渡人。就像瓜子是用来嗑的，而不是向日葵所代表的一种理想和追求。

女身，诗职。

困苦一如菩萨的莲座，诗者有之。

困苦不一定来自物质，尽管物质并没有厚施与我，困苦是一个人默默的精神状态。困苦是不说，生活与社会给我的，我接受。我有反抗吗？我有简单的快乐。我从事写作，多么神圣的优雅的劳动！和农人手举锄头没什么区别。我手上沾的墨，和泥巴的干净程度一样。

我接受城市偏见、城市孤独、城市迷失，我成为女人而丧失了童年。

我的困苦来自视觉和精神的双重暴力！

男人和社会都是复杂的雄性，令我不知所措如何相处退而充满敌意又迎合着，是与之抗争还是恩爱和同流？

一个与我生活，一个我要生活。都给我带来了痛苦、些许甜蜜、悲观、一丝欢乐。

我困囿于生活的原点，诗把我带向远方；我画家为牢，诗给了我无限的疆域。我今生难料轻易就见了一群人，我收到远方的来信我们还能在茫茫人海见面。

是寂寞安排了这一切：写诗，发表，聚会，四面八方。

是诗歌号召了这一切：美，闲情，悲悯，坚强。

诗歌和我们的国家一样古老，人生而即拥有诗情，最后却成为小众，我们经历了什么？

在我看来，诗歌和我童年的田地相近，一字一句播种，每写完一首，当它挂在我眼前的时候，很有种小树林的感觉，或者刚刚完成收割，留下了废弃的月光和无用的麦茬，从中再长出希望的玉米！

我缺少爱但我需要表达爱，我无安全感但我更关心他人——亲人、朋友、陌生的我所处之熟悉的底层、广大的我的祖国的同时代活着的人民。

我是女人，我要面对男人；我是妻子，我要面对丈夫；我是母亲，我要面对孩子；我是小贩，我要面对城管；我是市民，我要面对城市；我是公民，我要面对政府；我是人民，我要面对祖国；我是诗人，我要面对现实……

我向垃圾山上春天的喇叭花注目。

我伫立十字路口围观城管和小贩拉扯。

我沿着一条河走它的清晨。

我竟然坐在生存第一现场透过狭长的窗户半天或一天的时间看一座城市的人民碌碌而有序。我无为吗？

让我来为你描写一个场景：夜晚身披黑风衣站在大地，像是我的 007 式随从，这时电脑像墓地一样发出惨白的光，蓝荧荧的光，准确地说，像一个墓坑，那种后面拖着一个墓坑或隧道模样的显示屏正对着我，我微垂首，专注得像一个正专心干坏事的幽灵。我正拖几千年的文字和女人的情绪进去，呵，我就是这样，埋葬了我的痛苦和喜悦。我亲生的。

有人问过我，你的痛苦是什么？我惑而答之，说出来的，能叫痛苦吗？有人问我，你活着的或者说一个人活着的意义是什么？我迷茫答之，人要知道为什么活着，那活着还有意思吗？

在掩饰了日子的火山口之后，没有人知道我在想什么，我思维迟钝因为过多考虑了一些问题，或者幻想了一些情境，我表情无有甚至木讷是因为……是因为……我仍是孩童面对这个世界。

除了我，没有人听我的。一滴水不可能指挥一条河，但一滴水和一汪海的沉默是一样的，它们共同承担黑夜并同样迎来黎明。

我也有激烈，在我平静的外表下。尽管语言苍白但我还是勇于咳嗽，我有病，抑郁症的分秒，诗歌就是我的药方。没有高尚的行为，我还不能担当大任，我首先担当我自己，拯救她的绝望无知和女性的软弱。我是水做的，请允许我越过高山，像阿尔卑斯山上的雪。

诗，让人冷静，教人思索。在所有作家的肖像中，我最欣赏他们眼睛的部位。作家是一个社会的观察者，记录者。诗人，除了这些，我想，他可能还是一个时代的引领者。

许多年，一个结婚的女人没有家的感觉，一只鸟在异乡的巢中。一到了开花季节，女人都要流浪。

我有着食草动物般的安静和不安。

上苍赐予我黑夜，把全部的世界让与我。月亮像张闪闪发光的饼而星星们在抽烟弄得乌烟瘴气，像抽烟的爸爸一样沉闷，但当飞机闪着它的小红灯飞过天幕又是那样童幻！

我呆立窗前。这世界，我的庄园！

太阳永不要升起让我瞬间混入尘埃。当我写下这一句犹如盗得古墓，欢乐的电子产品的光区映照我，我要写下这世界的遥控器，我正在写，谁也阻止不了我，他支持我这样做：当黑夜都不是黑夜的时候，你要写下白天中的白天。

你首先写下你身体的玫瑰，女人！
你首先写下你头脑的珊瑚，女人！
你首先写下你精神的旗帜，女人！
你首先写下你灵魂的云雀，女人！

带血丝的眼球

——郑皖豫《菱形太阳》组诗探微

傅 菲

　　成年人的眼睛，不再有澄澈，是因为悲伤和挫败，在眼睛里留有痕迹，有重重叠叠的影子淤积成浑浊的液体，涤荡眼球。如车辙在泥道上，交错，叠印。读郑皖豫的《菱形太阳》组诗，使我想到，留在她眼球里的，影子渐渐衍化为淡淡血丝。她带着血丝看世界，也如此审视自己：

　　　　在我空洞的面具背后
　　　　是我胭脂一样的血经年在流动
　　　　撞击心脏的时候，使我双目含情
　　　　巡视这人间。只有在你面前
　　　　它忘记了敲钟

　　　　　　　　——《胭脂血》片段

　　是的。不仅仅是审视，而是逼视——用刀把自己内心的门劈开，以便于光照射进来。身体（心灵的载体）惟有裂缝，阳光才能照耀到深处。这暗示了我对她的写作臆想：她是坐在老房子天井里写作，在午后，老房子里别无他人，她一边写诗一边仰脸看天，阳光从天井的缝隙漏下来，泄到她略显灰暗的脸上，又很快溜走了，像轻易察觉不出的泪水。郑皖豫的诗歌带有显而易见的、旧时光残留下来的悲戚感和枯寂感，以及青苔一样吸附在血管里的死亡阴影：

　　　　黑夜的局部下着白雪，犹如自由的天鹅
　　　　犹如消失的美好，重返，向着黑夜的暗河
　　　　我是几朵莲花深沉的根部。今夜，一间暗室
　　　　我望见人间所有的天鹅，在空中飞舞，落下，互相致意
　　　　生活是一抬豪华的棺，缓缓向东

亿万朵洁静的雪花为我而舞
天气是一种仪式
我心中的天鹅
终于是它们的样子

——《春雪》片段

在我阅读她自 2012 年秋季之后的大部分诗歌时，有一个词强烈地占据了我的审美思维：开裂。在她的一些诗歌里，甚至我很难理清期间的思维逻辑或情感逻辑，有时还没有线性的物象把自语式的语言，统一到一个相对明确的表述目标中。如《夜棋》《身体院落》。只有隐在词语背后的，一个孤独呓语的人。（神在布道时，看见蚂蚁也布道，看见行人也布道，看见垂死的人也布道）呓语成了她的言说，成了她一个人的经文。她的有些诗句，也都是开裂的。如"安静的坚果，裂开它羞卑、苦涩的往事随风"（《现在我只崇爱情》）、"麻雀穿过落叶残雪铁栅栏甚至永恒的诗意，／像生命永被搁在弦上"（《一群从垃圾堆上起飞的麻雀》）、"夜深了，流浪的猫流浪的狗在下一盘棋／没有观众，时间在往时代里不断加入黑咖啡／上面漂浮着星星"（《夜棋》）。她在诗句里或诗句之间，堆放了大量鱼骨，把阅读者冷不丁地卡在惯性审美的滑道上。"生活在十九世纪末和二十世纪初的吉皮乌斯，和世纪之交的许多敏感的知识分子一样，对弥漫于欧洲上空的那一股世纪末情绪有着切身感受。世界性的紊乱所触发的荒诞感自然地渗透在她的作品里，并且常常以梦幻与现实的互为交错，暗示出世界的不稳定性。"（《吉皮乌斯诗选》17 页，河北教育出版社 2002 年 10 月版）郑皖豫的诗歌，虽然没上升到"世纪之交"和"世界性"的高度，但现实生活的紊乱所触发的挣扎感，是她诗歌叙述方式的最好注脚。

"……我从事过多种职业，在失业和就业之间不断变换，编辑，教师，商贩，大客户经理，出纳，家教等。其中有两样，都仅做过一个月……卖过报纸杂志，活在小贩、环卫工、送报员之间，好几年，每天眼前冲突不断……"在郑皖豫给我简短的来信中，我明白，她写诗出于内心的需要——需要在杂乱的生活街道中隐身，需要一份爱的表达（仿佛她从不去表达）和恪守（即使是一页空白信笺，都是宝贵的）：

现在我只谈笑并低头拭泪
鬓边的一丝白发随同马尾供你默叹：
那么多年
那么多年
竟不是你怀抱之人。

竟是几年

恍若银河

——《现在我只崇爱情》片段

　　在郑皖豫的诗歌精神脉络里，有两条主线是明显的，一条是因孤独而幻化出的幻觉，另一条是内心的挣扎。在她很大一部分诗歌里，有呼吸的短促感，凝滞感，气韵不能完全通体顺畅，在语体质感上，有杂质的藤蔓伸出来。在生命中，幻觉把人的时间长度拉长，形成延绵的回忆（或对未来的无望祈盼）的群山。郑皖豫把幻觉构成一种诗歌延伸的形式，而这种幻觉，正是她对当下性的对抗或逃避或暗讽。而挣扎，更多的是来自于对外部世界的不适应性和具体日常生活的不协调性。"那个内心小小的我／不停地祈祷、伏罪以及反对、暧昧"（《囚主》）、"在这世上／我们相互破坏，却又保持着各自的完整／是孤独的强力黏粘／以求灵魂有个安栖之所"（《飓风》）、"而今星星远去，只剩背影／只剩孤独的月亮，月亮和我／不能生育／无法狂乱／原始的迷情正失家园。像一个女人和另一个女人"（《独立高楼》）。她是一个孤独重于体重的人，一个偏执于内心隐形世界的人，一个游离于太阳、月亮、阳台之间的人。"愿我感受光明的另一部分／用失去双唇的代价，你知道／这一生，它承载许多。其一是为生命解说"（《像马儿起来去远方饮水》）。她要飞起（假如她也能像鸟一样飞的话），她的羽毛也是零乱的，只从垃圾堆飞起，独自慢慢盘旋几圈，停在阳台上，观望或轻轻啜泣，像一个败落的国王。

　　或许，这就是郑皖豫区别于其他诗人之处，有零碎感，开裂感，主观意思远远高于客观意思，有自己的特质和精神指向。她是她自己的囚徒。她对内心的强调，有思维的痉挛，所以断裂是必然的。在我阅读她近期的诗歌时，我很难找到一个词（或一组词）、或一个句子去包揽她所呈现给我的感受。她给了我各种水果（假如诗歌也属于水果），我却没适合的篮子装起来。但这些水果看起来很像一个带血丝的眼球。至于眼球为什么有血丝游动，问问郑皖豫自己吧。

群芳

POETRY WIND TOURS
Pavilion of poetess

歌声起伏（组诗）

杨 方

在加冕，我遇见命运和悲凉

东经108度，北纬25度，海拔九百米
我遇见雨水中冰凉的加冕
高耸，虚空，更接近暗蓝的星辰
它的三餐，四时，五谷，六畜
阴晴变换，节气冷暖
纸片一样被大风吹得破碎的年月
每天，暮晚和清晨弥漫的，轻薄的气息
没有什么不同

注定，我在此遇见人类低处的忧愁和哀伤
黄昏我遇见光线消失
黎明我遇见一条山路鱼肚白的寂静
霜降之日我遇见大气上升，水位回落
秋冬相交我遇见鸟雀绕枝，狐狸奔跑
在天上我遇见人间，在落日温暖和光亮
我遇见另一个故乡，另一个自己

她是单纯的，老银子一样的好时光
层层梯田，层层分布
季节因此界限分明，万物因此有序
我因此遇见一切，并被一切遇见
来时我是一个人，离开时将是另一个
星云般说不出自己，也不问命运和悲凉

雾灵山，风朝一个方向吹

许多日子我坐在山顶，看见风从远处呼啸而来
踩着老梨树，山楂树，玉米叶子哗哗地走
它们弄出流水的声音，仿佛另一条河流流过
带走了人间芦荻纷飞，黄叶翻卷
最后，那萎谢的容颜去了哪里？
飞鸟去了哪里？真正的流水去了哪里？
拉萨河，红河，额尔古纳河
或者更远的多瑙河，印度河，密西西比河
我从未去过的地方，有谁看见它们日日空流
奔波在绵延的归途
就像我来到雾灵山，或者去别的什么地方
都只是路过，我最终要去的
是今生无法依托的故乡，和死后的故土
当我再次看见落日西沉，晚星淡出
珍珠梅在风中雪一样飘落，它落在无人的小径
僻静的山谷，虚空的时间，寂静，冰凉
我想不出别的事物是怎样飘落，那些风
走在分叉的树枝上，走在分支的河流上
它们朝一个方向吹，它们
会在一个什么样的地方，停下来？

听陆兄唱侗歌

原谅我，没有记住你的名字
我只记住你姓陆，二十八岁，侗族，老师
在大山上的学校一待五年
早上七点叫学生起床，晚上十点检查宿舍
休息日，坐五个小时的车回家与亲人团聚

在你面前我是惭愧的
有太多的杂念，无端的怨恨和厌倦
我不停地走，经过俗世
只为走马观花，满面尘土

长久的岁月在人间虚度

而你是清新的，仿佛草木的呼吸与吞吐
空气里鼓胀着浮力
蓬勃的羽毛，翅膀越来越轻
借助一把牛腿琴你能把东风弹乱
借助一碗酒，一首原声的侗族大歌
你就能飞起来

黄昏因你的歌声显得异常安静
大地有宽广的本性
玫瑰色的山峦，满是色泽与沉沦
雨滴在乌云中发芽
鸟群在最亮的光线里消失
我沉默，心里蓄满雪亮的泪水

陆兄，穿过你的歌声我才能继续流浪
在你伟大的故乡，看见烦恼的人类
齐眉的山尖女人在梯田劳动
农具上的铁闪烁在风中
整个秋天没有人哭泣，只有你的歌声
只有一只鸟飞过苍茫的月亮山

乌有之乡

它是否真的存在？偏远，宁静
孤悬于冰凉的孔雀蓝天际，从哪年开始
一穷二白的流水就在万物间流转不停
山冈上的落日，山冈上的大风
风中星星一样漂移的野花被吹到了天上
它们不会吹到我的脚下
静默绵延的群山，不会向我跑来
飞鸟，也不会发出悲凄的鸣叫
它们的消失让我感到孤绝，无望

而我是否真的到过？层叠的青山中
隐藏着多少人类的欢爱与愁苦
贫穷静静地待在那里，无人知晓，无人问津
衰老的男人在自家门前剧烈地咳嗽
仿佛风中颤抖的木叶，随时会飘走
女人粗糙，从不曾有过爱情
孩子们走在空空的秋天
他们无法选择自己的出生地
只能将一切隐忍和原谅！

苦难仿佛永不会消失
不会被都柳江曲折的江水带走
站在山峰我看见茫茫的月亮山麓乌云滚滚
乌云，翻过了最高的山梁！
梁上加冕，有着不变的命运和短暂的白昼
吊脚楼在雨水中陈旧，大榕树在风中喧响
梯田在阳光下层层上升
人们在遗忘中活着，我在群山上归去
群山起伏，群山没落，群山无言

另一个故乡

这个下午，追着一只乌鸦的叫声，我跑向山顶
看见高大的栗树被风吹得哗哗响
树丫上的鸟巢海盗船一样起伏动荡
洋槐，木槿，珍珠梅落了一地
接着，草地上的蒲公英被风吹散
它们像暗夜里闪闪的孔明灯，一盏接一盏飘远
最后落在不为人知的地方
仿佛那里是前世的故乡，灵魂的所在
它们在雾灵山生长，开花，顺着风势飞翔
都是为了回去
就像我，生活在一个叫永康的地方
每天吹着那里的风，被阳光明晃晃地照着
但一切仿佛梦境，我从不属于那里，我只是路过

行云，流水，高山，倾斜的北斗
我一生追着跑的光亮，多少个春秋似曾相识
一些花谢了，一些树老了
让我看见了生命的凉意和命运的本相
一些人死了，他们是离开还是回到了什么地方？
物换和星移，盛世衰败，繁花凋零
但没有什么能改变地上的流水
流速有多快时光就有多匆匆
当风停下，阳光透过树林落在我身上
整个世界寂静下来
一只蝶飞过，在事物的表面浮光掠影
它是隐喻，是幻想，翅膀，爱情的悲剧
和我一样痴迷人间
而我是延伸的黑暗，漂浮的灰尘
来自另一个地方，还未曾找到回去的路

瓯江图

我是否真的走近过它？一条静静流淌的河流
它带走自己的流水，但带不走伤心的旧地
九月，百木开始凋零
高大的栾树在风中喧响
栾花飘落，空气中弥漫着哀伤的金黄
我坐在江边，想起十一年前
也曾这样看见栾花飘落
那时南明山未老，江水一半青灰，一半瑟瑟
江风从远处涌来，江面鸥鸟乱飞
我沿江堤追着流水奔跑
想知道流水带走了什么，又暗藏了什么
它在某处铺宽，闪耀的梦境，草木的芬芳
前方的旱季和雨季，回忆和怀想
那遥远天际的涛声与沉默

后来在富春江，松花江，长江，怒江
更高更远的雅鲁藏布江，我也这样固执地奔跑

一条河流可以和我一样不回头
它的心肠里是浩荡的江水，但不说柔情或者爱
也不在日落时分说停下
它漫长的奔走，像忧郁的歌穿过尘埃的人世
当我重回瓯江，心中有了无法说出的哀伤
每一条河流都有相似的孤独
它们的深入，偏远，无限，以及盛大，辽阔
我只能眼看时光在流水之上滚滚远去
而岸边，又一年的栾花正静静地，飘落

老梨树

百年了，它们坚持开花，结果
每年心碎一次，分离一次
梨木都是实心的，纹理坚硬，树皮粗糙
躲在叶片下的梨子脸庞泛光，表情青涩而忧郁
暗绿的疤痕是花胎里带来的
迎风流泪的那一朵，最易受惊
怕光，怕凉，怕天上的雨水和白霜
它把人世喜欢过了，梨子是它的欢愉和痛楚
我也把它喜欢过了，梨花满地或梨花如雪
都可以不开门

此时天色渐暗，老梨树显出疲惫和老迈
那皇家的贡梨，荣耀，恩宠，都已零落成泥
在它面前我须隐去短暂的身世，虚名
宣纸一样易皱的面容
我空有一颗完整的心，还不曾为谁碎过
我还来不及把一棵树的善果和恶果都尝上一遍

如果不是那把闪亮的刀，一定要切开梨子看见内核
没人知道饱含水分的梨子是一颗硕大的泪滴
它们固执地挂在寂静的老梨树上
暗夜里也闪着悲伤的光芒
我不动声色，和一把刀子有着同样的心思

分离不一定是最坏的结果
有时候支离破碎是为了不再破碎
就像悲剧总比喜剧更让人刻骨
分离也比圆满更让人生出些空空的念想

苦　参

原谅我，寻仇一样在山间寻觅你的踪迹
按图索骥，你当属蝶形花科
羽状，复叶，花柱纤细
在民间你有好听的名字，叫做水槐
藏匿于百草，气微而迷醉
在我的药方里你是良药，是最苦的一味
性大寒，与藜芦相克，与龙胆相生
可以明目止泪，散郁结，安五脏定六腑

你的苦以钱计量，我的苦有口说不出
整个冬天，我用文火煎熬，用冰糖下药
这药里的往事，归心经，归抑郁，归不眠
谁能相信一株植物也有三分毒
从根到叶，从花到果，把一个人苦苦相逼

我知道用尽《本草纲目》里所有的草药
也治愈不了春日河山飘零的疼痛
我只是惊讶一只蜜蜂比我更混沌迷离
我想要寻出世上的苦，连根拔掉
它却想从一株苦苦的植物中找到它要的糖和蜜

莴　苣

晚风吹拂，戴箬帽的农妇走在隐约的田间
最后消失于天边缥缈的烟岚和无声
鸟群飞过明镜的水塘，莴苣齿白目净
衣衫沾附晚露，夕辉，及后来青蓝的暮色

我想起多年前，灌木丛黑森林般沉默
狐狸飞奔，蛇蛙复活
那时童话曾来到身边
女巫这样喊，王子也这样喊
莴苣，莴苣，把你的长发垂下来

华年啊，我只是一个空寂的人
心怀失落，感伤，旧日的星尘和铁锈
春天曾经美如烟霞
腐烂的野草也散发着迷醉的气息
一如我拥有的珍宝和负累
现在我正沿着荒野的荆棘往什么地方走
美好消失得太快，而我走得太慢
我想说：请给我人间无边的悲喜和起落
给我短暂的雨水，花香，相见及欢爱
而后流星般熄灭，归于永恒无言的孤独与思念

急胡相问

仿佛清亮的雪水冲下帕米尔高原
茫茫沙漠烈日下
孤独行走的旅人突破重压发出的呐喊

透过春天的繁花和枝丫，看不清歌者灰暗的面容
只看见欢爱、苦难、离愁，撕碎的苹果花一样
一朵一朵从他们脸上飘落

我听不懂维吾尔语，但能感受到合声呼应，此起彼伏
骨骼粗大的手掌，拼命把沙它尔和都它尔敲响，摇晃
喊破喉咙也要把生活的辛酸诉说和追问

身陷其中，我是最后爆发的高音
悲伤的木卡姆，英吉沙尖刀一样刺破胸膛
它是露天的，没有屋顶，一直向云端疾飞，飘荡
挥霍的旋律，充满野性和悲怆

大地上我们都是被鞭子抽打的牲口
马不停蹄地奔向盲目的远方
就算暂时放下砍土曼，木叉和铁锹
拨动的琴弦远比粗笨的农具沉重

终日劳作的人啊只要有茶叶和盐巴就无所奢求
树影压低了农舍，苹果花晨开十里，暮落满地
为什么欢乐的伊犁河水滔滔不竭
我们苦咸的泪水只能内陆河般蒸发在心底的荒漠

苹果园

那一年，钻过土围墙的缺口
意外撞见繁花盛开的苹果园
我曾诧异世界有这么多美丽花朵，蓬勃，拥挤
仿佛按前世约定集中在一起，规模宏大地开放和凋零
就像有些人，终日愁苦，劳碌
这时候也要停下来，聚集在苹果树下
喝伊力特，唱快拍热烈的木卡姆
用一双四处奔波赶路的脚
有力地跺着大地上的尘土和落花

我曾经想过这些人，这些花
为着什么集中在一起，然后羊群一样四处分散，飘零
秋天，摘光了苹果的树木，会显出无限衰败和老朽
百木萧萧，人世像一处破败的花园
土围墙的缺口，和我童年的缺牙一样，总在漏风
这些年，苹果园里，花朵依旧盛开，凋零
有的结成正果，有的无疾而终
唱木卡姆的人，有的已经死去
墓地上覆盖苹果花宁静的气息
仿佛这就是命运，无论我怎样辗转
都无法再次穿过缺口，回到落花汹涌和歌声起伏

路漫漫 （组诗）

■陈小素

暮色河谷

河谷里没有水。风送流云
也吹落叶　一个冬天的沉寂就要来临

总有一些在退场，成为缺失
一切还皆如米乳　却是转眼
就再也看不到它们。

身后的村庄就要在暮色里坠入绝境
雾里垂下的清露就将使大地蒙霜
在我的左边　牧羊的人
一边偎着落叶聚拢的火焰取暖
一边不停地翻动着那些残梗
使焚烧更为彻底
黑色的袄就要落满升起的星宿……

一条路就要把我带向谷底
他的笑容简洁　目光令人安慰
仿佛那灰里飞舞的不是时间
坡上散落的都是他的黄金
仿佛在说：世事皆如青烟
而又去如灰烬
仿佛看见我和灵魂一起战栗着
惟恐一迟疑这冷和孤寂就无处安置！

空 旷

一条河流过旧日的河床
在垂下来的暮气里　绕过坍塌的石桥
缓缓东去……　那霜红的秋叶
曾抬高过我们头上的天空
南去的风带来过丰密的青草
羊群顺河而下　缱绻的样子
像流云　更像仪式。

岸边的石头坐瘦了我们的青春
我们在夕阳下轻许
在残月升起时默祷
多少人在深水边出生
在河水的微凉中　痉挛　慢慢长大
在生活里蒙尘　弯曲
在临水的流照中　衰老　喑哑
成为被淘洗的粉末……

一条河带来安谧和重生
白露还未结霜　燕子依旧低徊
秋禾无边　太阳橙色的余晖
照在身后的残垣上……

一条河也带来伫立和无语
当这些词再唤不回一声嘶鸣
当这些诗篇再不能安放一粒尘埃的轻
和一整条河床的空旷

锦书记

午后到来的小邮差
为我带来牛皮纸封的书信

白纸黑字间涌动着你的异地之秋

落叶　雁鸣　一道秋水隔阻的
人和芦苇
那埋在胸口的霜雪
与来自时光里的微凉

秋天多么相似
彼地萧瑟　此地苍茫
多少年过去　生活并不曾把你我
置于时间的对面
信首才说：别如昨日
而信尾已"想象不出你的中年"
……

十年光阴　不过是
一张纸的正面和反面
而浮于命运之浪上的两朵
肉体疲惫　灵魂单薄
那么轻易地越过往昔的深渊

青春期

桃花飘零　梨花吐蕊
人间四月　处处是芳菲和汹涌
她蹲在春天的墙角下哭

她的体内蓄着湖泊　蓄着一条江
但还没有女性的温情
还不懂得那将不断沉沦的深渊
就要在她的身体上耸起高高的忧愁
和不眠的甜蜜　与绝望

她还不知道就将与这种无误的生活决裂
在不断滋生的邪念里
向着这懵懂的人世
生长　敞开一个女人的内景

将如一只硕大的容器　接纳和消融
命运给予的所有羞辱　恩惠　与原罪

她还不知道这只是初始
而更大的碎裂将像一生那样漫长
那个早晨　她只是任由这不安之水
流经过耻骨逃出体外
羞怯　而惊恐地哭——

大到风雨骤小到细无声

在那条小街的尽头

那错落的楼群腾空的一块空地上
没有一丝风能还原他眼里的清澈
没有一滴雨能荡起他的眼波
隔着一只手臂　像一个陌生人
没有一个凝视能滋润他的眸子
没有一声低语唤起他鼻息里的潮汐
在那条小街的尽头
所有的物事都是新的　是快的
只有她和他是旧的　是慢的
在急速消退的时光里
只有俗世的尘埃落满他的额头
只有那比风更轻的起伏
在她微微弯曲的肩膀上……

风吹过

风从西南来　吹面不寒
却暗藏着剑　藏着那棉里的针
它们吹过树顶　枝条瘦损
它们吹过瓦片　那些庇荫过我的青
此时苍白　像一件无人织补的布衣

它们吹过矮墙
吹过一个失败的捍卫者
和它空空的城池
那树下起伏的白发　地面上点点的绿
这些夜夜落在我梦里的雪和星火
哦　一个下午
我只做一个过客　内心盛满一个王国没落的美
在窑庄的土地上静默　呈下沉状
任它们暴戾般的满足
尖锐而迅疾地划过——

那年，那夜

那一夜　北斗隐在星群
我和他们隐在返回窑庄的夜色里
这些刚刚走下舞台的人
还被身后的掌声陶醉着
在风中拨响琴弦
在凹凸的乡路上踏着舞步

我　一个最小的主角
光影陆离中　用他们称道的天赋
被那些台词重塑着
替一个沧桑之人说出苦乐
仿佛那些喝彩和荣誉都与我无关
年少的蒙昧和困顿里
每一颗星都照着窑庄的屋顶

宿命　从那夜深蓝色的背景开始
之后漫长的悲欢仿佛都是命定的
那些与我同行的人
他们不知道半生过去了
曾经的面容已变得模糊
而我在这些虚设的幸福里
依然卸不下脸上的油彩

稻 草

要有多少次行走才能穷尽这弹丸之地
才能把它的苍黄尽收眼底
总有那么一寸是被我疏忽的
总有一棵草像我不曾谋面的亲人
在那撮黄土的下面
它粗糙的皮肤不曾被我抚摸
它苦涩的根汁也不曾被我咀嚼过
在窑庄这个被人遗忘的地方
在一个极度的悲观主义者的眼里
它不可能分泌出大于苦涩的甜
它浅陋的本质也不可能承担更大的使命
几十年它黄了又青青了又黄
意义只有一个
引领这个迷茫之人
不停地往返于旧的时光
并试图从中获得一根救命的稻草

归来贴

归来的人　风沙灌满衣袖
曾经的桃李之身
埋下干裂的河床　经年不化的冰
奔走着闪电和雷霆
就算不得空手而归

风中的默祷如同絮语
那些消散的
教会我远走　也教会我回来
在一片薄雪上伫立　倾听
像要唤回那些月光　人声　马匹
还有檐下的依偎　和哺乳……

去者无归

而你沉默　我还无法俯从
那些泥粒和轻烟
为我带来草药和火苗
让这颗心一边坠落一边升腾
有着将碎般的勇气

尘世如　深渊　它还爱着
被一束罂粟所蛊惑
放不下那些欲念

其　时

阳光照过树顶时
天幕辽阔　云影稀薄
原野是空的
早上还覆着一层白霜　此时
干瘪　褶皱
分娩的气息已被风吹散

有时　饱满比空更叫人无语
在林子的边上　一只狗假寐着
神态安详如我的祖母
令我举止轻柔　深爱
而不忍冒犯
一片叶落下来已　唤不起它的惊觉
那匆忙的一瞥
仿佛是时间里的佐证：

初冬　某一日
一个女人在阳光下游移
其时　身后窑庄安宁
来路　去路安宁
光影隐没了翅膀
风掀动着脚下那无边的荒草

秋风起

一阵奔走在头顶　一阵疾驰在脚下
它们吹你　像吹一片树叶

它们穿过你的白发　再拂过你的眼
溢出的水滴让我变得模糊
在车前方　在马路的边上
你侧身　带着几分惊惧
视我如路人

风中的趔趄忽前忽后
妈妈　秋风一阵紧似一阵
每一阵都像要吹回你的幼年

一只鸟落在枝桠上

一只鸟充当了我的时光之师
在黄昏到来之前的光影里
它羽毛光鲜　朱红色的喙
噙着它喑哑的音调。

一片叶在风中变黄
叶脉就将洇出霜红
一个季节的更迭
正"像一条鞭子　抽打着中年的陀螺……"
而它在枝叶间跳跃　随风忘我的样子
多么叫人羡慕

春将至

别再动用你的比喻。雨水一过，万物萌苏
我有幸与它们一起回来，甚至更为饱满。
沉默和喑哑都是昨日梦

那些奔突和惊悸我都将重新热爱和命名
这些人间良药，感谢它们给予的弱柳之姿
和尘埃般的高贵

所有的好都从今日始
"雪"和"冰"这些清冷的词已不再适合
当你呼唤，就是一棵泛青的草
风情藏在眼角，心里鼓荡着复燃之火
和一整个春天的美。

路漫漫……

这么多年过去　依然不能对你表白
像一棵秕草　患着自卑症
在众生里羞愧

我拒绝同行　让出阳关道
拒绝合唱　耻于与他们齐声颂扬
生活还不是那镜中花
拒绝顺应天时　让深夜且如白昼
一张慌乱的脸　蒙尘　单一
作为附属　受惠于命运错误的教导
和我的身体一样大片地空白着
又一个春天就将来临
而医愈一场顽疾如同重生

时光错幻 （组诗）

■翩然落梅

峰　巅

天黑前我终于到达山顶。
山很小。
风慢慢拿刀削它，
一根甘蔗
越来越尖峭。雾气鲁莽，索性
拦腰斩断了它
哦，它浮在尘世之上，释放了梦境中
尖锐的一点微甜。

人世在脚下晃荡，甜中渗进了
红尘的苦味。
如果从对面的星星上
看过来，我长发倒垂，孤悬在一根针尖上
一滴淡黄的蜂蜜。
时间，欲穿过针的线
垂在一旁。随时将我取走。

皇　帝

穿甲胄，持宝剑。
他用甜蜜的摄魂术，召我前来
走在人头涌动的集市，他指给我看
不远处的宫殿

那虚无的蜃楼
路旁乍悲乍喜的夕颜花

这安逸的街市，始终是新的
如不落的针叶树，旧的
正在看不见的暗里烂掉。我低头
看着自己的手
春风里，指尖有明亮的光线
我爱的皇帝，他挥剑切割着身边的晦暗

宫殿之尖顶近在咫尺永不能到达
你一直缄默，在指尖的微微接触下
分裂为两个
一个向前，一个向后
像河岸无情背向而去，拉着一根平滑的弧线

我在这根弧线中向前，圣谕说，不可回头
也不可眷爱邻近的路人
一手提青菜，一手持塔尖。
既然梦境和语言
赐我以双重的自由，我唯答应它
俯首听命，在黎明前返回自身。

夜 行

黑夜还在向上涨
漫过了踝骨
小腿。她小心翼翼地
走着，来不及弄掉裙子上的蒺刺
坟头也在向上长，天黑尽后
一座城堡将形成。油菜田
变成森林，香气粘稠
你几乎不能再放进任何东西
包括，欲望和尖叫
她突然强烈感受到自己的小

黑夜无边无际的肉体中
一根尖尖的刺
一不小心会跌倒在某个
死去的人身上。有个鬼在辨认她
试图从她身上取出诗
他真的诵读起来——
这声音至今还保存着
它自己的记忆
在我逐渐老去的皮肤上
这些年，我也和你们一样
摸索着穿过苍茫的人世
我用什么来解救她呢？
很多个梦里，我们从夜的两头
摸索着寻找，呼唤着同一个名字
至今也没有相遇。

《寒夜图》

北风提着疏枝，在青灰的天空磨墨
刚画好寥廓的大地，就耗尽了

蘸了湖水，又描残雪未消的屋顶，远山
泛着幽光的石板路

月儿提着灯，看他一遍遍删改
夜色，欲借他更亮的一点星光

点亮一盏孤灯，灯下
面对一张空白信笺的人，悬毫于腕，却迟迟不肯落笔

呵，就请你，为我卷起这张
南宋的《寒夜图》吧
并在天将亮时，寄来墨水淋漓的八行书

与君别
——天山三丈雪，岂是远行时？

别离二字，教人痴绝。
吹熄烟火，又逢大雪。来来来

且与我演场：生别离
不负这天地洁白，幕布缓开

小寒。燕燕向北，麻衣晒起
独坐炉旁，看红枣在粥中熬着，凄美，缓慢

剥花生如剥词语：蒹葭、落日、楼头
小驿、渡头、远帆

我知道，这清粥淡饭中有最深的离别
你看，热气中一些恒久的东西，正在起身

和另一些说着再见，我还需留下——
好在清冷的冬月，即将过完

我推开窗子看夜幕下降：
雪地上两片最后的叶子，如一个人的脚印
旋即被风吹远

春日，没有诗

春日。发亮，又柔软的布帛
上面镶嵌的绣片令人目眩——
然而没有诗。

我拉开窗帘，看见对面楼头的少妇
在春光里梳头，眯着眼
嘴里嘟囔了一句什么。
我们相视而笑——

然而没有诗。

然而没有诗，在雪化后
松软的湖岸上
我弯腰拣起一根挡在脚下的槐枝条
它完全枯了——
它期待燃烧，而不是腐烂。

没有诗。只有火在等着
等着被点燃。
被杀死的婴儿在等着，等着长大
草根下的枯骨在等着——
等着发芽，再开一次花。

暮色中，湖水铺开宣纸。
蝙蝠们在聚集，盘旋——这些墨汁淋漓的汉字
和词语
在晚风里亮出发光的新翅膀——
清清嗓子，迫不及待，要发言了。

看　到

把手蒙住眼睛
能看到什么？

我看到睫毛的兰草，摇晃着长高
秋天的白桦林守着深寒的湖

移动手指，看到金色的流沙、长河
一个面目模糊的人
从岸边经过：落日磅礴

令我着迷的是：
巨大、奇异的花朵
旋转着，变为细小、繁复；倏尔消逝

不期然间，又烟花一样再次绽开

不必讶异，其实
你不需要眼睛也能看到的
神秘而美的事物，还可以更多
但需要在空荡
幽暗的房间里。
更重要的是，你够孤寂

相见欢

掺着曼陀罗香味的月光
浇透了她散开的长发

楼台，花园，苔径
露水。
月光把一切变得相似。时光错幻
唯欢会前的恐惧亲切可触

她的名字是莺莺，英台
白娘子。也可以是安娜，玛丽亚，查太莱夫人

午夜镜中的苹果

一只苹果在镜子里
被虚无切成两半
不消转身　就露出了她多汁的肉身
和寂寞饱满的核

她看着自己，红衣褪去一半
身子保持着僵硬。试图召唤
那镜中的另一部分
遁去的念头被钟声唤回

在午夜爱着自己的，一只苹果
有苍凉的手势
她试图用语言消解，顽固地横于其间的
玻璃
以抱住那同样孤独的自身

永恒的伤口流着血
无意义的对抗——
不断加速的衰亡。她转过身来依然是
残缺不全

陌生人

我想我在爱着一个陌生人
他什么模样全然不重要
他是远洋船上孤独的水手
是行走江湖的乞丐？
抑或是昨天到我门外饮马的
外乡人？

总之他应该在　我的世界之外
孤独的一隅
他爱我却从不知我在哪里

我们相爱　却从未相识

未曾过去（组诗）

灯 灯

在源东

春风浩荡，相比成千上万的游人
蜜蜂更知道春天的住所。
山顶上，万丈桃花倾泻，一朵比一朵急切，一朵
比一朵疼痛
如此多的姐妹，粉色衣裳
明亮，闪耀
这些痴情的姐妹
它们肯定比我更理解春天，它们肯定要
让我再染一次火焰，它们肯定
让你看见
一个着火的人，一个看管不住火候的人，一个对春天
持有偏见的人
迅速融化，她不得不奔往山下——
这朵俯身水边的桃花：
流水不入心，春风吹又生。

余 音

乐曲离开它的乐器。余音里有溪流
有险峻。溪流清澈
悬崖陡峭，迎客松上的落日，鸡蛋一样
揣在谁的怀里
一个人要在天黑前卸下容颜，一个人

要在余音里，完成未竟之事——
再爱一次，痛一次
颤动一次
一个人要在余音里
向低音致敬，带着苍茫上路的人，听见了
余音未了
多么悲伤：乐曲离开它的乐器。

飞　鱼

琴声里有海。波浪在练习五线谱。
桅杆晴朗，向南的风向
唤醒沉溺的岛屿
那时——
水穿上鱼的皮肤，整个海在呼吸
荡漾的海，动荡的海
那时，更多的鱼群
从远处飞来
扑拉拉撞在甲板上——
我有意
忽略了这些
我记住的是，那些继续飞的
一部分
天空下，那些闪耀的翅膀。

风吹着过去

事实上我未曾上山，未曾上山
就不能和你一样，领略草木占据天空
是和天空近了
脚在下沉，是和土地亲了
你把身子归还山林
溪流把身躯交给大地
没有形体的溪流，有时，又有着无数的身影

一条鱼，或是一只鸟
它们正以不同的方式在天地之间
万物消融
万物，亦在生长
事实上我从未这样欣慰，风吹着过去
逝去的永不再来——
我所受到的痛苦，已不是
痛苦——
它正轻轻，将未来原谅。

像 爱

雨水相知，从伞上跃起的一瞬
需要多大的力
风可以忽略不计，两粒雨水隔着茫茫夜色
落在相知的伞上
需要多大力，拥抱需要多大力
整整一个夜晚
我看见雨水从空中落下，跃起
所有的事物都在哭泣，只有雨不会了
像爱——
未曾过去
也不会重来。

黄 昏

躺在山坡上，看一朵云逝去
又一朵云飘来。恍惚间，像一个个我
在归来，在消散。
那么多个我，汇聚成今天的我，风吹衣袂
心不动——
山下，银杏，水杉，香樟
相约着落叶，它们比我更懂得放弃，枝桠伸进天空

不是索取，也不是
指责，更不是别的什么——
此时的黄昏多么寂静
落叶多么寂静
我偶尔会起身，走在夕光逶迤的寂静里……
成为一种声响。

马

高跟鞋里的马蹄声
带来远山。在我看不见的地方
我在那里
和所有的昨天一起
竹林后面，是桃林，再后面是橘子林
朋友们依次到来
我想不起任何一匹马
的样子
这是下雨的清晨
食物的香气，在盘中
奔腾成一匹匹马
一匹匹马突然又站在
道路的另一边
它们淌过雨水——
清晨四溅，栅栏像消息一样开放。

4月26日，秀洲公园

湖水邀请星辰坐下，就像石凳
空出自己
请树影，风声，虫鸣，来和我们对应
就像我们坐在上面，突然
有了短暂的安宁
可以忽略一只喜鹊，从枝头飞，把一对对情侣
带向甜蜜的深处

也可以忽略一个乞丐，比夜色更浓的背影
落叶一般，很快就了无声息
在秀洲公园，你一定会遇到这样一面湖水
不问，不答
而来自天上和人间的光，从湖水跃上石凳
使 4 月 26 日
内心清凉
这种清凉，银针般闪耀——
植入树木的根部。

我想和你谈谈

1
雪下了三天，穿皮袄的熊走进树洞。
树枝伸出手
它们知道雪花也会疲惫，会寒冷
也需要一双手
接住天上的泪
松鼠在树上张望，雪越下越大
大过我的白天
消失在牌背面的人，豹纹脸
长出时光的皱褶
我期待的怒吼声，没有出现，而在那一刻
孩子们的笑声
多么晴朗

2
我雪一样的，落在了昨天。
山上星辰闪烁，一块松动的石头
讲述我的过去
水在波纹里荡漾，那些光芒
倒映在天花板上，它使椅子不空，椅子上
坐进窈窕的昨天
我好像桃枝灼灼，又仿佛含苞欲放

3
我很想你。

4
钟声顺着石阶走来。尾随而来的
黄昏，落叶
雪越下越大，光线在门前
取消了道路
我在室内读书，一个词长成高山
长成海洋
一个词让我奔跑，一个词让我
和你
隔着茫茫的雪花

5
我想和你说的，就是这场雪
就是这场雪——
风过之后，所有的雪花
都会找到去处，而带着雪花行走的人
在夜里，看到星辰漫卷
像劝告——
像抚慰。

从陌路来到陌路去 （组诗）

吉 尔

那拉提

一匹牧马从黛蓝的夜幕里醒来
一匹牧马唤醒了糙苏上的露珠

在那拉提，雨水一夜吟唱
是谁对着夜空絮语，在那拉提
在这湿透的草原，她的乡愁在卡伦琴上涌动

多么深情、空茫，而无助

此刻，我的赞美之诗，在忧伤的巩乃斯河游牧
而星星。云幕后的毡房。向我的心田
添加奶酒
——我从未像现在这样
回到放牧的父亲身边

慕士塔格峰

一连几夜，你把脸伸进我的梦里
切割我的颓废
切割我一寸一寸浪费的时光
隐忍、克制、使命般的自责——
我茫然而敬畏地
说出你

……说出你
我内心却放置着火

说出你
信仰像海鸟，纷纷飞渡太平洋
多么坚实的，盘古的双足
望一眼，就跨过了辽阔的南海

就像慢慢升高的理想
鸽哨又一次拉亮高原的太阳
枯草挂满了雾凇
饱满的籽粒放下古老的痛苦

啊！慕士塔格，在女性的沉思和自省里
在女性的剔透和贞德里
让我说出你，说出你如同说出
我自己——

在塔格楞山

……遥远的
塔格楞山的雪水，漫过无边的沼泽地
和放牧的草甸
我看见
寒风烈烈地扯着山顶的敖包

身后的马群，像滚动的阴云
催促着牧人、塔格楞山荒凉的时光

风雨吹打着山腰的石头，就像吹打着
尘世的心
在雨水、和风走动的石阶，我与一位
朝拜的老者相遇
他的身后，正升起一种敬畏和神圣的高度

此刻，呼呼作响的经幡
像一千只拍打厉风的翅膀
这盛大的法事，这神灵的弥撒
就这样治愈了我数十年的疼痛

文化身份

在凤凰古城，我收起内心的翅膀
让浪迹天涯的人，歇息在美景上
让人世的疲惫，从南城墙向外　望——

百年吊脚楼站在江边，氤氲的水雾
洞穿岁月的罅隙

澄蓝、澄蓝的江水流过树影，和我北方的皮肤
——那些波澜、旖旎
无需用嘴巴诉说——
那些绿色的羽毛

……一张从凤凰城
通往西域的明信片，将埋下多少
时光的伏笔
和无处落脚的思念，就像凤凰城的灵韵
一刻不停地
诉说着古老的忧伤。一种文化的身份！

沙

我想，它是黑色的
拖着长长的鳞片，蝙蝠般的飞行
洒下细小的羽毛
晦涩的道路
它们钻进我的鼻孔，我闻到天空沉郁的气息

驼队像麦浪一样倒下去
麦苗像松针一样立起来
我的父亲被沙尘暴越吹越瘦
沙尘暴把很多时光都吹远了
我把很多事情都忘记了

包括伤痛
和村里的高奶奶。沙尘暴席卷村子的时候
我正顶着风把衣服裹在头上跑，我
一直跑——
一个又一个春天，我一直跑——
推开浑浊的风
我一直跑——

阿艾城

从一块岩石到一块炼渣
要经历怎样的刀耕火种

一千年后，站在阿艾古城的我
像散落的古陶
任荒凉的风呜呜地吹醒

我已是乌苏古道上无法破译的文字
此刻，犹如被滚滚风沙
放牧的游子
更像埋骨边塞的将士

雨滴在破旧的城墙上
仿佛一颗转瞬即逝的流星
诉说着遥远的火光、驼铃
和一个湮没的朝代

这是公元 2012 年
一块铜的委屈慢慢放大

但我却说不出，一座古城被掏空后的隐忍

遗　址 *

我看见过时光深处
通体赤红的熔炉
我看见过典故中断裂、破碎的时间

一场密谋里
铁，和铜的控诉
在《水经注》中的昼夜明火

这身披红铜的喇嘛啊
让一千匹绝尘而去的骏马
在云间嘶鸣
让一千个佩戴璎珞的僧人
在火中取经

我翻开日历
玄奘 2000 年前扯下的一页
稿纸，飞回严肃的史书

　　*指红山石林冶炼遗址，《大唐西域记》记载曾是西域
三十六国冶炼中心。

雅　丹

我惊异于这样的美，这样的荒凉
在死寂的威慑下
我只看见我、时间的古堡，和一只小壁虎
我们谁更像一个占卜者

在时间的溪流
车夫和马车消失的古道

如今，连铮铮白骨也化为一捧夯土

在雅丹
我没有来路，更没有去路
只有她突兀的孤独
只有岁月的雕塑
只有小壁虎离去的空寂

我不知道来回走动的风
唤着谁的乳名
这些智者的坟冢，空寂的思想者
这些忽然被掐断了的时光线轴

旷野上

走过那片旷野，我停了下来
看到了那个像父亲一样
戴着草帽
穿着夹袄的人

起风了——
他的背影
多像这个秋天蓦然跑过的一阵悲凉
一阵雨袭来，刺旋花开了

天上，几片云在低低地看着我
她看着我，我也看着她
只是
我们谁也没有说出内心的痛

热斯坦街上的虚土

这些雾霭一样的虚土
密密悬浮，一辆疲惫的驴车

一个孩子、一个掉在地上的声响
就带来它们的重生

这些不再被束缚的生命，它们曾是
热斯坦街上忙碌的铁匠、打馕的女子
弹热瓦普的老人

此刻，这些在尘世里熟透的生命
打量着落在屋檐上的星光——
它的样子，多像是急于诉说
那些越来越轻的陈年往事，却没有开口

楚吾尔 *

此刻，喀纳斯湖的浪花正接近着
额尔德什的孤独
他的吹奏，使雪停了下来

可楚吾尔，我忽然就这么
败在你的呜咽里，我忽然就这么
奄奄一息地爱你

我们是多么委屈
像人类起源一样发出远古的声音
为了活着，我们带着兽牙的璎珞逃亡
我们那没有根基的故乡，我们那
日益奔波的河流
我们的火种、苦酒，祖人凄婉的眼睛
我是多么委屈
枯草是多么委屈、喀纳斯的雪原是多么委屈

＊楚吾尔，图瓦人用芒德勒施草制作的乐器。

星 光

不了
我得停一停。那些一生的事情
也要在三十岁以后，尝试一次
就像现在，夜幕包裹住微小的灯光
我在一盏昏黄的壁灯下写信，给你
也给自己
星光在高处打盹

"一个总是回头的人是走不远的"
这是对的
如今，我身体里跳跃着葱郁和一匹年轻的小兽
我像个年轻的修女，守着致命的真理
每个人都有一条不可见的河流
你看，星星并不在天上

一到夜晚

一到夜晚，我就失去方向
一个我在书房发呆，一个我
在丛林里跌跌撞撞
一头驯鹿在前面蹦蹦跳跳
我沿着她走——积雪将我绊倒，我爬起

月光往下投放衣服
我看见驯鹿在光中奔跑
枯木像年轻的卫士，而我，是骑士
因此，我熟悉拐角的荆棘和沼泽
我还知道，藤蔓上从未开口的夜莺

哦，这丛林
我又来到你的领地，又见到驯鹿
和那些"梭罗"的木房子

深呼吸（组诗）

王 妃

野　花

没有名字的野花
比有名字的野花多得多

在原野、丛林、深山、远谷、城市……
在大地上的每一个角落，只要有一线生机
就有扎根开花的希望

叫不出她们名字的人
肯定比叫得出她们名字的人多得多
他们兴奋地拍手："看啦，野花！"

不经意一低头，野花就围在脚边
我更喜欢在心里轻轻地唤她们：
"花啊——"

灵山村

光线还强了些。
一群执长枪短炮的摄影人
沿着贯穿的水系，在村子里走来走去

太阳从山尖跃向竹林，再
从竹林跨上灰色的屋脊

——它就是不下来。

鸡犬在巷子里或走或卧
它们安分守己，不懂什么叫伤害
什么叫熟悉和陌生

那些摄影人，还聚集在水口处
对着虚空，不停地按下快门：啪、啪！
也许，打发时间比拍下了什么更重要

天色终于暗下来
阳光从村庄中间的罅隙慢慢抽身而出
摄影人追逐着最后一缕光束远去了

剩下的都是老人。他们坐在门前
像几枚散乱的棋子，守着一个残局

旷　野

火车呼啸着向北。
整齐划一的道行树、静默的青山、在风中摇晃的水……
生活中庸常的所见，在快速地登场、退场

天气变幻莫测。
车身披挂着那么多的雨水
在山西的境内再次还给了天空

旷野也是飘忽不定的
仿佛越来越近，又越来越远……
成熟的油菜秆有秩序地倒伏着
风吹来，小麦和稻禾交替舞起了绿绸

几乎看不见麻雀、鹧鸪和燕子的影子
三两只高脚的白鹭，或飞或立，点缀着
更大面积的荒芜

躬身其间的农人越来越少了
我是火车带走的一个

深呼吸

事实上，太阳并没有出来
人间像一枚破壳的鸡蛋
光明就这么自然地流淌出来了
在露珠里，世界颤巍巍的
如此宁静，又几近透明

麻雀的叫声，如碎金落地
滚过梦中人紧闭的眼睑
车轮碾过我的喉头，冲向内腑
受伤的睫毛又长长了
它们抖动着，重新焕发了生机
当眼睛睁开，昨天了无踪迹

哦，今天真好。
我还在。我深呼吸。
世界醒了，声音越来越多
最清晰的只有一种——
楼下，清洁工挥舞着竹扫帚
跟水泥地面较着劲：
嚓、嚓、嚓……

铜　镜

她曾对着镜子理云鬓，贴花黄
微笑和喘息

后来，她照镜子的时间越来越少
越来越少……
为什么镜子罩上了一层擦不掉的雾气？

现在，镜子彻底关闭了自己

雪

我要说的，不是它的六角
不是它的晶莹、它的飘逸
不是它白得让人忘记黑的美

也不是它的庄严
不是它的寥廓、它的静谧
不是白的覆盖，让出空旷
给人间容纳更多的俗世之爱

我要说的，是它承受着践踏、蹂躏
承受着风卷日晒
承受着污秽、肮脏和龌龊
承受着吸附、纠缠和挤压……

从水还原成水，渐至于无
仿佛从没有来过……
但它一定是做了什么
人间才如此干净

寂　静

阳光穿过薄雾，翻越
东方重叠的山岭
在它的疲态里，冬天走入深处

没有热度的光临，必然
得不到暖意的回应

窗棂半开，抱枕斜靠
我的眼睛，在闭合之间

期待一丝光线进入阅读

春　日

最先是风，接着是雨，冻雨
然后是雪，把大地从头到脚
擦拭了一遍

红梅开了，小草绿了
沉睡在棉衣里的人都醒了

天像托着蓝底的玻璃
浮云在练习滑步

阳光跟在孩子们的身后
在大地上跳来跳去

中年的月亮

那时，它是你的水晶宫：
宫里种着一棵桂花树，有嫦娥
舒广袖，吴刚醉酒伐木……
你喜欢站在桂花树下与人分享
这个传说
落在发间的花瓣，被他抬手捻起
——这米粒般的嫩蕊，在唇上吐出
甜和清香

后来，它更像一面魔镜
你时而被它照亮，时而被它割伤
人生，在残缺和圆满之间
走来走去

步入中年，你才发现月亮

普世的面孔盛满了慈悲
当你仰天长叹，或者低头哭泣
它都在那里。

黑夜托举它在万灵之上
它把月光给了你，给了
你的爱人，也给了你的仇人

——这些有影子的人
走在同一条夜路上

青草汁

走在小区的绿地里
青草刚被修剪过
被斩断的头颅里冒出新鲜的汁液：
绿色的，有点苦，有点香

多想像草一样，在春天复活
任由割草机碾过。新生的我
不再是冬天以前
——你见过的样子

我想拥有一颗被斩断的头颅
失血，风干，只留下空洞
而我的身体，可以轻盈绕过被修剪的青草
绕过你……

四十岁怀旧是不是太早了？
每一个日子，都像今天这样
我想尽办法，却总在忘记你的同时
又重新想起你——

蝴蝶睡了 （组诗）

苏瓷瓷

阿波罗的女人

我想起了浅水湾的那一晚，想起了那种红色
在湖水边恣意地打滚
烧干了的贝壳
寻着黑色的脉络走入山里
百合从上而下的凋谢，一些雪白的尸骨站在火焰下面
仿佛从来不曾触摸，你颈后微凉的皮肤
这种羞涩让我回忆那个初潮的时代
也是这样的热烈，也是这样的盲目

在火焰旁，向日葵敞开胸膛
发梢的金色又暗了一次，生命中仿佛相识的温暖
在下坠中弥合
柴火中一个穿着绿毛衣的男人，伸出手指
纤细、干净的手指，捧起了水藻的芬芳
赶车的女人抬脚之间，腹部涟漪荡漾

一切风平浪静，点起烟火，我在自己怀里已躺了十年
在睡梦里，你是扭曲的阿波罗，双臂潮湿，关节纠缠
亲吻后，嘴唇微微僵硬
午夜时分，蝙蝠飞出你的眼睛，我匍匐在空中
不动声色的流泪
这是一个女人最灿烂的时刻，为了死亡解开衣扣
里面依旧是死亡

晚安曲

我将永远躲在黑暗里为你们歌唱
那阳光之下所发生的事情
除了生育和植树之外
还有什么值得期待？
一个肩膀处停伫白鸽的少年
很早，就清空了我在世间的位置
你无法与清风明月为敌
你只能与蚯蚓一同匍匐前进
搬运工日落而至
把我们体内坚硬的大理石运往溪水处
深深埋葬后，拖着鲨鱼的肚皮
交还给你，硕大苍白的梦境
装满牧草的世界，正缓缓下沉
白羊站在灯下
反复唱着一首晚安曲
我不需要任何安抚
身为一个女人，纵使不成为谁的母亲
孩子们也会落草而生
被销毁的，不是某一个人的青春
如同，日渐稀薄的，将不再是眼睛

怀念外公

我从来不在白天怀念你
白天街上有许多老头，他们和你一样装得糊涂
沿着墙壁颤巍巍地走过

我看到那些人的子女，他们在掀着瓦片和老年斑
从发旧的皮肤看进去，你骑着瘸腿的驴子走在田里
那不是过去也不是现在，其实
你一直在纹丝不动地看着儿子的手指
他指向高楼的太阳，指向洼地的乳房
指着你打着寒颤的姓名

我遇到你的那天，你在一扇门前徘徊
孩子们在房间里离婚打架，他们忘了你会衰老
一张空旷的椅子，占领了黑夜
你在木屑里抱着我离开了森林，离开了酸涩的苔藓
仰着僵硬的脖子，吐出河流
我和你在听它步入干瘪的声响

妈妈说你是疯子，外公头戴鲜花在原野上撒欢
我在大人背后笑，笑到铁索坚硬
腮边柔软，你就逐渐消失在老实的镜框后面
一个男人唯一的温柔——

在荒野之外，黑小的棺木里，你帮我留下了疯癫
我在河边仰起天真的脸

父亲节

我不是你喜欢的那种女人
你长年在月下磨刀，在树下埋骨
不拿一句诗词形容自己的人生

而我，喜欢野花和春风
喜欢大好河山
里包扎整齐的缺口
这誓死不休的灿烂
你知道，我所爱的
是一切美好的事物，它们负责
把我送至腐烂的果核中心

我需要感谢的，并不是你赐予的生命
而是你毫不掩饰的丑陋
沿着一个少年的目光行走
哀鸿遍野，感谢你从不粉饰太平

对面是你最爱的小女儿
发间的白霜冷眼旁观
你安坐在老年斑里长舒一口气
不必担心
这个世界将要来临
你所描述的那种黑将要来临

寡　母

你是第一个爱我的人，当我盗取了你的绯红
你让我独自留在春天开花
母亲，我忍了二十三年的风骚，因为你
郁郁而终

你关上了窗户，让我成为黑暗中的处女
那些男人将把我卖到何地？
我的血液可以覆盖九百六十万平方公里
而在你怀中，我只能积压骨头
成为一条苍老的蟒蛇

还有一个不曾谋面的男人
埋伏在另一个春天
他贩卖过许多女人直至贩卖自己

等我们都不知去向后
母亲，土地里又长出新寡的蚯蚓

蝴蝶睡了

当她放下脊柱，成为一个柔软的女人
蝴蝶在一张闲置多年的床上睡了
她阖上眼睛，把白衣少年关在牢里
他将在黑暗中打磨关节，把自己拉长
或者找到一个树洞慢慢发芽

今夜，蝴蝶一个人离开
她拿走了我的伤疤，这是个昂贵的梦
少年赤着身子，从耳后抽出片片刻薄的月光
冰冷漫过我的膝盖，蝴蝶得了风湿
为了我，她开始在针眼上贴膏药

你能堵住男人的嘴巴，堵住少年剽窃的目光
却堵不住我，我已经破了
你我之间相距一寸的泥土，淹没了过去
而冬季之后的冬季，越狱前进

蝴蝶，你睡吧
我不会在你面前长出皱纹，我永远是你的美人
另一场事故里的女人，中断了青春
她终于学会了
在活着的时候，热衷于沉默
在将死的时候，热衷于赞美。

给我的小女儿

我沉醉于一场梦，也将惊醒于一场梦
梦里有你粉嫩的脸蛋，在果园中落下
土拨鼠的春天是粉红的，我和它们从你的小脚下爬过
你站在星星上，麦秸般的骨骼一寸寸向我逼近

我的小女儿，我不祈求你漂亮
我不祈求你聪明我也决不祈求你幸福
我只祈求你有天鹅绒般华丽温暖的伤口
祈求你相信所有的男人并且爱他们
棉花开在缝隙中，它堵住了我下辈子的肮脏
女儿，这时我属于你

我可以带着臃肿的身体带着黄褐斑等待你
我知道你在路上行走，经过医院红灯区

经过坟墓和一场婚礼，咯咯笑个不停
为了等你，我几乎忘记自己
我不要年龄不要美貌不要宴会
一个人，一副骨架
在小花袄前等你

你来之前，我不想露出乳房
你来之前，我已经老得不能再爱你的父亲

忏悔录

如果你爱纯洁，那么请先爱我的妹妹她还没有发育
如果你爱善良，那么请先爱我的母亲她还没有老掉牙齿
如果你只关注一桩凶案里的漏洞
那么请带上你的刀子来爱我

我已经蒙冤多年，为了一枚指纹
它教育我要老老实实做人
我老老实实但是无法做人
我需要你说真话
你要成为我的敌人

这个世界上有千千万万个敌人
我们杀人是为了被杀
妹妹纯洁是为了被玷污
母亲善良是为了养育另一个凶手

亲人们要求我为此忏悔
如果我不愿意流泪，你就离开
玻璃上挂着霜永远都不会冷

团　圆

我到家时，爸爸在睡觉妈妈在看电视

直到我走，他们也没有挪动位置

就像我爱你时，你不曾摸过我的耳垂
当位置空出来后
我们开始怀念死者

她

她想隐身，在黑蚂蚁的小爪前
之前是污迹斑斑的走动，但即将消失
如同在镜子中逮捕自己
一场空荡荡的布局

这样的一个夜晚，她交出了喉咙
被语言所蒙蔽的黑夜已经成为事实
从此学习手语
在闭目前挥动稀薄的空气

不要对她说：绝望
她了解那些有关于：一张床上依偎着的两个人
笑容后晦涩的流水声；眉目之间空旷的蝉鸣
她熟读这些剧本，并常年沉湎于练习

苹果在她的手中烂掉
她依旧拒绝走动
从这端到末端，任何遥远的距离都长不过
她低头的瞬间

那瞬间里
她已扎根在空白的无垠

使劲搬动螺丝，你们也无法再重新铸造出一个女人
她坚硬的骨骼让人不安
如果你也曾拥有更多柔软的夜晚
你就会知道，她的嘴唇从未开启

我们该保持沉默，不要靠近她
把她。连同秘密一起退还给寒冬
"是的，我该走了
因为雪即将融化
而你们
始终找不到一种准确的
战栗"

将 爱

当我年轻时，我已经忘记自己曾经爱过哪些人
还有一些爱过我的人，也背井离乡
他们都去了该去的地方

我一生都在遗忘从而远离老年
不会算术，生活因此平衡
没有人生养我只有手指和嘴唇在寻亲
"十岁的时候，你爱过我吗？
二十岁的时候，你爱过我吗？"

在我知道答案之前
我要备好一头白发和慈祥的笑容
我将越来越像一个母亲

异乡辞（组诗）

■ 蓝 紫

在冬日的阳光下

可园北路上的树叶还在一片片掉落
仿佛季节飘下来的一句句遗嘱
冬日的阳光从枝叶间星星点点洒下
照耀着尘埃里的生活
照耀着流浪的人儿，在异乡的街头
渐渐厌倦了乡愁

车辆呼啸而过，似乎在带着未知的秘密逃亡
它的声音有时候会让我莫名地伤感
有时候，我偶尔也会把头转向故乡
寻找藏在人世间的父母

阳光下的尘世，明媚而干净
仿佛已经洗掉了我们的一切过错

异乡辞

踩下的每一个脚印，都叫做路
连着子宫和坟墓，作为心系故土的游子
我只是母亲手里的一根线头
正被她举着穿过岁月绝望的针眼

秋天开出的列车，在平原上扭动着前行

南风从窗户外送来旧年的惆怅
乌黑的云层正用她冰冷的嘴唇
俯向秋收后的土地
我们怀抱着霜雪，在尘世中沉沦

岁月从眼前一页页飘过
每个人脸上的皱纹都那么相似
原来，我努力盼望的未来
只是漫长的归路
往昔的梦境如同尘埃，我需要
在沿途的每一盏灯光里取出未曾相识的自己

钟楼，或一个人的千年

楼上的钟表兀自走着，从不在意脚下奔忙的人群
日和月轮流从楼顶经过
在斑驳的墙面上留下时间的伤

多年以来，我的脚步就如那钟摆
出发只是为了能够回来
多年以来，我的心仍关在童年的茅草屋里
指针每向前移动一步，我便离自己又远了一分
对一个四处漂泊的人，故乡就在眼前
却永不能抵达。钟表用不停的摆动告诉我
没有什么可以挽留，时间原本就是用来流逝的
没有一棵青草能忆起前世
夕阳一次次挂在船舷上离开我们
留下这个辽阔的世界，暮色中浮动的一张张黯淡的脸

落在废墟上的乌鸦

一片即将拆除的建筑上
一只突然降落的乌鸦
像突然从哪里漫不经心弹出的一颗子弹

停在废墟之上，疲惫地伸展着翅膀
那么小，那么黑
仿若一个即将溺死的梦幻

这只迷途的乌鸦，它从哪里来？
是否甜蜜地越过谷浪？
是否蹒跚地行走过铁轨？
是否喝过虫豸们的骨血？
它迷茫孤单的身影多像此刻的我

面对一只乌鸦，我的忧伤突然无处可藏
仿佛我们曾一起飞越了千山万水
仿佛我们一同跌落在这废墟上
仿佛它走过的曲折历程就是我那潦草的一生
现在，我与它一样，浑身长满了锈迹斑斑的黑暗
在纷乱的尘世里互为知己
而此际，月亮高悬，远方的山峦闪着清辉

一只鸟飞过城市的上空

傍晚，灰暗的云层成为背景
星辰隐没其中，孤而高的楼层之上
一只鸟儿衔着清霜飞过
参照于广袤的苍穹，它起伏的身影
像是一个隐喻，畏惧于腾空而起的烟雾
一如河流和树木，恐惧于过度扩张的城市

一只鸟，让辽阔的世界在它的翅膀下
羞愧地隐去，矗立的建筑是毫无怜悯的毁灭
远方的山巅是启示，中间隔着盲目的人流
它仿佛从远古的记录片中飞出
带着白垩纪的阳光和回忆

而此时，它只是我的一个轻逸的念头
它用翱翔验证我心中的自由

它曾在我童年的果树上雀跃，陪我走过
蝉鸣起伏的土地。我想
它还会再度引领我穿过田野
脚底踩着青草，泪水却不再落下

夜　色

黑夜尤如一场幻术，让嘈杂的世界
慢慢变得虚无
斑斓的街道是长满了病菌的经络
一条条，在夜色下慢慢黯淡
在纷乱的尘世，每一天都是一场漫长的修行
每当想起年迈的父母，滑下脸颊的泪水
远比流星落得更快
灯光在高处展示它耀眼的孤独
并将它们薄薄地披在我的身上
蚊虫们在头顶缠绕，这些细小的生灵
任由风驾驭它的命运。它们在我耳边嗡嗡飞舞
仿佛我也成为它们中的一只
在大地上飞翔或行走
都是为了更快地消失

桌上的生活

鸡块整齐地摆放在洁白的瓷盘
鱼头戴着漂亮的紫罗兰
它的身体僵直，神态平静
山羊剔除了温暖的皮毛，变成一块一块
随葱花在水中跳悲壮的华尔兹

我们每天在这桌面上生活
吞下来自大地真诚奉献的绿色
那根茎之中还有泥土的喧哗
一颗颗水珠顺着血管爬进身体的树

可这城市的烟尘味麻醉了我们的味蕾
润滑的舌头只认定一种苦
翕动的嘴是一个喑哑的黑洞
我们一边用食物填充自己
一边在人世间迅速消失

来　临

雾霭在变薄，在消散，在逸去
晨光一点点拱破云层
太阳从未断绝过给我们希望

隔壁的楼房传来婴儿的啼哭
日子常新，尘世也从未老去
人群潮汐般涌上世界

而我依旧在黑暗的森林里苦修
在石块丛生的荒原里点燃蜡烛
守候霜雪之后的梅香和绿叶间清脆的鸟鸣

镜　像

我记得三月草色青青，十一月的湖面平静
扎羊角辫的小女孩在草地上奔跑

我记得垂柳下的池塘
小石子击起四散的水花

斑驳的时光推动我
在落叶间迎接一场场人生的风雪

每一个角落都是一幕幕人间镜像
每一粒沙石间都藏着安谧的时光

而多年的梦想，不过是一座手掌上的庭院
当我抵达，头顶已飘起了雪花

假想敌

我张开浑身的羽毛，与一个女人搏斗
用词语，也用手指变幻而成的矛和盾

从繁华的街道，到荒无人烟的郊外
她身体轻盈，闪转腾挪
用看不见的针尖和麦芒扎我刺我

她高挽的发髻上插着镶玉的簪子
一会是低头蹙眉轻甩罗袖的仕女
一会又提着剑行走在陡峭的山崖
独自望月时，会发出落叶般的叹息
她的光线和枝叶
来自我身体里剥落的那一部分

她在我的细胞和血液中隐藏
也流连于长安月声，古旧的城墙之上
夜深人静时，她总拉我扯我
仿佛要执拗地将我拽入前世

天空很蓝（组诗）

离 离

那时候

开始时，一切都还是未知
村子里四处都长满了树和庄稼
我站在草中间
多么遗憾，我从它们之间
走了出来
就有了郁郁葱葱的心思

那时候，能和你在一起说说话
很好。说到彼此的心，我们相视而笑
仿佛击中的就是对方
那时候，麻雀飞过高高的电线
我靠着电线杆
听一首老歌，抬头望见远处的影子
以为飞走的是自己

天空很蓝，总以为剩下的那些蓝
就是你

坦 白

和生活妥协的时候
我想到了井，低陷，顺从
也想到水，流到哪里

哪里都有爱情和
怀念。但想到井水
我的身子就绝望般
战栗

曾经从井里取水
随着绳索，桶下去
水被提上来，
桶被提上来，低头间
自己的影子
在水里晃来晃去
再一低头，就感到眼底的潮湿

就感到一只手
从我的身体里取水
每次一到井边，我就恐慌
怕一低头
就忍不住，什么都没有了

在新华书店

此时，我多么小
任意翻开的一本
都可以藏住我
小小的舌头，迷茫的思考
我多么小
像走在无垠的旷野上
植物长起来就是
一排。人们都是陨落的星
躺在那里就是
一排。这些背井离乡的纸
想要拯救人类的欲望
连成一片
这是下午三点的新华书店
我像一个和上帝妥协的

苹果。渐渐呈现出
淡黄的无知

致——

我快要老了
还走城西这条道
如果亲爱的你来看我
像个储满了欲望的水罐
让我在老去之前
抱着一只粗糙的罐子在西城区
走上一回

让我抱着粗糙的天空
一只孤独的鸟
无法言说的美

日　食

多日以来，我走过田垄三次
第一次看见玉米地里
站满了受苦的人，女性的，生产的
那是黄昏，人们准备回家
回到太阳的家里，但是日食
突如其来，也许早有安排
我只是没有准备好，怎么安慰她们
一次还是在玉米地
我穿着别人穿过的旧衣服
一个一个抚摸那些女人怀里的孩子
成熟的，喧嚣的下午传来童年的歌声
我带着孩子们飞快地跑，进入麻雀的内脏
麻袋像旧世界的钟声
不停地敲。后来声音填满了它们
也填满了我。第三次

我想不清是在什么地里
我痛苦，泪从三条小路上流过来
光秃秃的玉米秸，整整齐齐
像我家乡的一种乐器，人心慌的时候都去吹它
它就整夜地响

看　见

秋天与众不同
该经历的都已经历过了
树木先从内心枯萎
而我，看见它们之前
先从眼睛开始枯萎，我忍受着它们
带给我的苦难
我看见的，只是生活令人悲伤的一面
比如柿子树，在秋天最美
可我见不到它
比如河流，反复在梦里出现
当我半夜醒来，看到身边的人还在熟睡
像一块温暖的河中之石，我摸到他的手
是什么
顿时让我如此安静
雨在窗外下着，我听见的雨声
肯定与众不同

再继续

月光下，在小树林里听时光
窸窸窣窣
往下掉，爱那时在一起的人
不管他以后苍老成什么样
都想一直
爱着

月光给难眠的人
身上涂满釉瓷，年轻的情侣们
陆续离开小树林
一切都安静了，只有你和我
树木撕心裂肺地
抽芽

乳　房

作为养女，我从来都没敢碰过
它们，即使在它们最饱满的时候

养大我的那只母羊
四岁时我还牵着它
去园子里吃草
用手轻轻摸它身上的毛
也轻轻摸过
为我挤出奶的地方
它被别人牵走的
时候，我站在墙角
哭

三十多年后
我给七十岁的母亲
洗澡，在水中，她羞涩地
护住私处和乳房
她转过身，只让我为她搓背

我还是不敢去碰
那对皱巴巴的乳房
它们在衰老的时候
都是离我那么远

草莓和苹果（组诗）

红 土

夏 日

羡慕一面墙
羡慕阳光
可以照在上面也可以照在下面
羡慕自己是那面墙
阳光从头到脚地照
从来没有怀疑过

无 题

当说到爱
我们都有一些慌乱
喝水。打喷嚏。
天空忽明忽暗，一副风生水起的样子
风。紧紧地咬落一些东西
是槐花。白色的槐花

狐狸的秋天

在秋天
一出门就碰到狐狸
它狡猾的笑
松软的毛

它的狡猾挂在树上
像苹果一样红，像苹果一样甜

它狡猾地爱着你，像苹果里的坏虫子

忏　悔

如果有雪，就不停地奔跑
像小时候那样，一群小孩子
同时跑出了院子。那些单纯的快乐
大人是不知道的
他们在雪地里种绿豆，养荷花
除了雪
他们从来都不需要忏悔什么

迎春花

给一只蜜蜂点灯
唱歌谣
唱星星点灯
唱到天亮
水醒了
揉揉眼睛
看见花裙子

日　记

2月21，星期四，阴天
偶有微风
屋外很安静
梨花埋进深山，桃花陷入湖水
我在墙上画窗户，挂铃铛
告诉他们，此处有春天

有大耳朵的春天
挂在墙上

无　题

如你所见
这里的一切都很美。以至
我不想说出我在俗世的生活。
我拼命地想留下。
我拼命地想捂住野花野草的嘴巴

最好
我们谁也不要说出这个秘密

愚人节

今天，我说什么都是假的
你可以听
也可以不听

你可以假装看桃花
看到深情处——

我不在意你看的时间有多长
也不在意你猝然一跃。那花枝
就断了——

现　状

一条流向暮晚的河，
它平静，忧伤。
这并不能说明什么。
比如真实。

真实的东西需要用手去抓开，
像弯曲的子宫，
它痉挛，
它流血，
它经过一个人的身体。

像一条河流向暮晚。

野　花

春天，野花开了许多。
那些开在屋顶上的
和开在坟头上的一样美。
因而我说，春天是有良心的，
野花也是有良心的。

寂　静

寂静是午后。
是屋檐下的青果。
寂静落在我的脚上。
在墙壁和我之间
隔着寺院。
我用呼吸打动它。
我脱去厚重的衣衫打动它。

树　林

风不会在这里停留
最安静的一刻树叶落地
也触不到尘埃

模仿鱼游在海里

吸入海藻吐出蓝色的气泡
看所有的鱼浮在水面

如果有明月就悬在枝上
如果春天来了
就关上所有的门
不要等到野草疯长苜蓿缠绕

荒草地

走上一条小路
遇到燕麦草蚕豆花
每走一步都会遇到不知名字的花和草
有时什么也遇不到
只有风来回地跑。不停地跑。

影　子

灯光亮起来的时候
无数的影子躺在地上
风吹不走它
雨淋不到它
饥饿劫不走它

无数的影子躺在地上不说话
一辈子不说话
我喊它哑巴哑巴

旅　途

一路上我喊着山，山就出现了
我喊着水，水就出现了
我也喊你。

你一会儿出现在山上
一会儿出现在水里

我依然喊你。

喊着喊着就累了
喊着喊着心就死了。

习　惯

有一些夜晚
花香是真的
它缀满我的窗户
我闻着它
就可以入睡
可以像刺猬一样
蜷缩着滚到一边

最好的情况是一睁眼
天空有了
星星有了

蝴　蝶

我看着你飞。

你落在花朵上
和落在我身上是一样的
你飞起来的速度
和我想你的速度
是一样的

你消失的时候很美。

我空出来的余生
都是你的。

无　题

一个夜晚可以不说话
看电视照镜子
星星落下去升起来
一个夜晚从头到脚都是草莓和苹果
偶尔有冷空气
偶尔有树枝折断桃花出世

莲　花

下雨了
我想把窗户关得严实一点
这样，我就可以安心地
躺在屋里，跟着它密集的脚步
去看莲花。

某种甜蜜

这个早晨
我有新鲜的草莓喂你
当风碰到嘴唇
你要说甜蜜
你要把甜蜜轻轻地吐出来
让我看见

花的姿态（组诗）

■ 冯 娜

睡前书

睡前折叠衣物如同收拾被白昼败坏的心情
灯罩覆盖光亮睡眠覆盖阴影
这个时候褶皱轻巧
没有人抻直它要往上签字、盖钢印
这时候的声音可以视作水盛住水——
你可以决定喝还是不喝

这个时候星月彼此孤立
天空在收拾所有反光的物质被败坏的黑夜
往下再往下
想要强行通过的梦境正在开凿一条星轨

——睡前是最寂寞的时辰
樟脑味是衣领的也是袖口的
如同一个暗物质在另一个里反复折叠

雪的墓园

那天晚上下了很大的雪
垭口处吹起数十种鸟的尾翼
它们的叫声从山尖坠落
让远足的人头顶变白
遥远的马厩中呼出湿漉漉的响鼻

屋顶的瓦正在将大地的墓碑连成一片
想着将要诞下的马驹和明日的好天气
我静静睡下
成为这墓园的一部分

海百合化石

暗哑的光钉住触须
幽深的博物馆沉睡两三亿年
海水扰动化石中的女体
顺从植物的贞静
时间不再倒退它试图长出脆弱的脊椎
时间亦不肯靠近陆地
深水包裹着想要逃脱上岸的裸女
海百合第一千零一具赴死的肉身

穿过低矮的光脉
我的手潜入那灰白石质的汪洋
它冷　妖娆　尚不懂悲伤
光阴含住了我的手指
迷乱的远古从皮肤底下汩汩滔滔
海百合
哪一块破碎的化石带走你的心脏
胛骨最初的秘密
亿年后我蜕裂如羽的女声
也无法将其说出

菩提树

是一片深绿的扇子
在高高的石阶前不捕风
只有疏落的影子
第一次路过它们用手碰了碰树干
植物的回应是一只受惊的鸟

耽于长路前片刻的阴凉
我们都一屁股坐在它的脚趾上
因为不知它的名字我并未惭愧于自己
没有一颗琉璃的心

过漓江

船入下游
山峦被烟云追逐成跛足的马
也许该把自己纳入一幅画
初春楫舟
桃花开在河外三百米的深墙
水墨覆盖了鱼汛
凤尾竹将旧城的皮毛梳理了千百次
我只是轻轻一桨
便将漓江推过了唐朝

深山的密语

只有蓝阴阴的山廓能震住一头豹子的野心
只有水泊让猛兽变得温驯
它们安静地伸出爪子饮水
同时饮下十万个月亮的倒影
它们皮毛发亮血液清凉
只有北方的星斗探照得到它们的巢穴
冷杉林藏起它们奔跑的剪影
迅猛如雷
在人类尚未到来的时候隐没在深山

花的姿态

野外秋天的音讯迟迟而来
不和谁人相约

早到的白鸟咿呀　空山更寂呵
这是百年前的流水
如果我的爱也是隽永　我已轮回了多少季？
我这样念着　风低低地吹过来
让我在一朵花里　矮下去

雷峰塔

我去的时候　是夜晚
万千灯火和翻不动满湖波纹的黑

我来的时候柳荫稠密白日喧闹
白蛇和断桥都在一张画舫上星移物换
没有一个人说这湖水流过眼泪
害过相思诅咒过天庭和雨季

他们都说春天来更好
春天繁花似锦游船如织

我是在夜里去的
载着满船满船的黑　纪念一段终得见天日的
爱情

克孜尔千佛洞前的红柳

多情的枝条不该生在沙漠当中
啊，它竟然哭了——
被剜去眼珠的佛像前
血色的眼泪灌溉着莲花的湿气
它披上另一半袈裟　躬身　作揖
穆斯林的丧礼就在昨日
谁将素手放在传教士的祷念中

如此悲伤的佛光只属于一种植物

深深攫住水的信仰
苦涩的根须治愈着风沙和旧疾
它用千百次的死来唤回前身——
这牛马不食的枝条，从不迁徙也不供奉

注：克孜尔千佛洞，位于新疆拜城。洞窟中大量壁画和佛像毁于伊斯兰灭佛活动及西方的大肆劫掠。剩下的许多佛像或被剜去双眼或被剥去金粉塑身的袈裟。

春风到处流传

正午的水泽　　是一处黯淡的慈悲
一只鸟替我飞到了对岸
雾气紧随着甘蔗林里的砍伐声消散

春风吹过桃树下的墓碑
蜜蜂来回搬运着　　时令里不可多得的甜蜜
再没有另一只鸟飞过头顶
掀开一个守夜人的心脏
大地嗡嗡作响
不理会石头上刻满的荣华
也不知晓哪一些将传世的悲伤

寻　鹤

牛羊藏在草原的阴影中
巴音布鲁克　　我遇见一个养鹤的人
他有长喙一般的脖颈
断翅一般的腔调
鹤群掏空落在水面的九个太阳
他让我觉得草原应该另有模样

黄昏轻易纵容了辽阔
我等待着鹤群从他的袍袖中飞起

我祈愿天空落下另一个我
她有狭窄的脸庞　瘦细的脚踝
与养鹤人相爱　厌弃　痴缠
四野茫茫　她有一百零八种躲藏的途径
养鹤人只需一种寻找的方法：
在巴音布鲁克
被他抚摸过的鹤　都必将在夜里归巢

私人心愿

这也许并不漫长的一生　我不愿遇上战火
祖父辈那样　族谱在恶水穷山中散佚的充军
我愿有一个故乡
在遥远的漫游中有一双皮革柔软的鞋子
夜行的火车上　望见孔明灯飞过旷野
有时会有电话　忙音
明信片盖着古老地址的邮戳
中途的小站
还有急于下车探望母亲的人

愿所有雨水都下在光明的河流
一个女人用长笛上的音孔滤去阴霾
星群可以被重新命名
庙宇建在城市的中央
山风让逝去的亲人在背阴处重聚
分离了的爱人走过来
修好幼时无法按响的琴键……

最后的心愿　是你在某个夜里坐下来
听我说起一些未完成的心愿
请忆及我并不漫长的一生
让燃烧多年的火苗　渐次熄灭

距 离（组诗）

吕布布

吃嘴的光

月亮往东运行——
这只吃嘴的光，吃掉整个太阳
鸟儿失去方向，或者
飞回巢中，动物睡眼惺忪地出来活动
仿佛黑夜之后仍是黑夜
人们沿着望远镜的圆周散步，高瞻远瞩
口袋里纷纷掉出：手机，餐票，硬币，
钥匙和三黄片
一只瘦猫走过去，蓝眼睛吞着黑暗
一些人转向更高的场所，另一些人正在
推迟转移。他们摘掉五官
不去工作单位，不看各个省份的天气
二十分钟后，一个没有太阳的世界
结束了。

步行深圳河

有时，当我涣然地愤怒，有时
因这愤怒而悲伤地离开，我来到

深圳河中游的罗浮桥段
水边的白鹭和桥上 25 万人编织夕阳

这淡淡的画面。有时当我所犯的错误
沉进了内脏，总孕育着厌倦

我记得，年前，父亲和我从雪中回家
谈起松林边的丹江，这粗线条的人

他教我要顺从南方的人。"你知道，
冬天出生的孩子，有炭敷的温柔。"

有时，当我意味着一块石头，沉郁的质地
以上，摇摇欲坠无言的树木之间

语言通过诗人们多线程的屏幕，
绊倒在团结里。永远是相卫的。

尊严在树冠晃动着，触摸清波
今夜的深圳河，是我流动的祭坛。

距　离

而缩紧肺叶的季节，脸被埋到
丁香旁，衰落的眼神，盛开的记忆
让雷声加快了黑暗

而甲壳虫挤破的瓦罐，清新，清晨雾
一道马鼻一样响亮的水
洒上运动鞋里梦游的脚趾，又在紫罗兰旁
在毛茛的小斑点，悬铃木的冠部，在玫瑰矮胖的红脸上
显出我早逝的同学，坐在田野的模样

他的名字捐给了一个被腐叶
发酵着的洞，等待
一群花瓣的跌倒

而毛茛与悬铃木哽咽起来

叶子落在两个湖泊，被鸣响的云
夯实了悲叫，被一只长筒丝袜
漏掉的早晨冰破

一天是整整的一生
过去吧！猫科接近了玫瑰
而所有猫科在幅员辽阔的北方咳血疾驰

在这样一种天气里
而在这样一种有标价的生活中，我距离那张
傲慢的脸，还有一座墓碑的时间

饮

此刻他骤然飞起，抖开潮气的丝绸
像废纸篓、慢挡的汽车，闭合侵入
那些过于宽的地方。
一些挫伤的岩石，含着休眠
一些乖戾的海水，徒劳复返
一些泛白的防波线，听到有关人的事
箭一样欢唱的广场。
且再饮一杯，让冷硬的星坠落。
且窥探你的深处，记住路径。
且安静，坐回原来的椅子
手指轻扣你"一"型的嘴，碎零钱般低微。
从没人怀疑过我，如今我任人怀疑。
还需深饮，尽饮，有泡沫的都是饮料
有谁听到了开、关、开、关、开、关的嬗变？
我已数到了 2……

一　旦

短交流。一旦舌头爱上伸绕
一旦话语权自然蓬松在硬物

一旦时境允许——
封闭的高烧和力一整夜给予
不可说出的雪和执熬
一旦天空突然数学，拭去布
我看到你仍是雾中清晰的梗
你必然的铅，一天天清凉。
一旦我佯装轻松，供你乱表
其他人更趋向你，众亲的精密炸弹
刚愎到深奥。一旦床边无设灯绳
我就在这片水前，吹着空调
我听见直落的飞鸟，射进乌拉圭
只有失败是真实的。
你要求我全力环镀慢的光轨
你要求我一旦说出厌倦，无知
我思想的良马就将困顿，发红
径直而来的河流逼近向晚
我在树上忍受，寂静不够
你干脆将我从迷圈中推开，好吗
一旦消失，我会显得疲倦而由衷感激
虽然轰鸣，空荡荡的安全……
一旦你……
别看，我说的就是你！

日　常

那天，我们喝了梅子酒
你略有心事，却只字不提
喝完最后一口，你信步我的庭院
如同刚打开的翻页
细致，真实，写着爱的希望
红色和白色的栏杆没有反应

迎面而来的微风，吹开了窗帘
清芬是在报春？
你仍是信步，清谈，睡觉

而我，想着一个人的辣椒小鱼拌白饭
想着两条小鱼，少点辣椒？

所有微妙的、不同等条件的日常
在苔藓黑绿的丁香树旁
你像蟋蟀开始午睡
偶尔提着白色袋子欢呼雀跃
而我的身后，真的就有几只麻雀
在路边的水沟洗澡

生活志

像书上林肯的忧郁。生活很干
天空开始下雪，我想起南方雨珠瓢泼下
蓬勃生长的大蕉，粮食一样的果实
水滴振奋着落叶，我的脸在树身后面
光滑地颤抖。现在我如灰木电线杆

越来越多节，我开始开裂
发出更具体的哗哗声，而周围
是一群聋子，这些都与他们无关
我就要去那里宁静地扎下根来
也许绿叶上会再次开花，像长江上游

野生的伏牛花，我的思想热烈开放
而这些都不再与你有关，雪地里的空白
留下永远空白。今天我像一个孩子，痛哭
我陷入未来之光，不如说是陷入
正糟糕的两难。这尤其不能告诉你

从善如流

你应该站得更高
抱着怜悯去和男人相处，如同雪域

天真和冷静，即使偶尔 dramatic 的情绪，也应明白
人之常情的善变。
因此，何必于春天忧伤地洗涤
春风中家具很白，抽屉开放
几沓手稿，一次误开的药丸
所有一切请重新估价
无论是做婚姻的圣者，还是孤独的诗者
都绝非易事
二者兼顾考验你才能和人性最大的善意。

春

没有陈年的花籽。
没有骨头。雪落残骸，落在黑夜
北方冷漠的枝条忍受疾苦，裂隙风干
我放弃脚步，等着某个讯息
在桥下流走。岸柳打喷嚏，而桥上另一生
儿童与狗与甘露，还有我的小单车。

绿草泼溅 *

他忘下的杜鹃花刀，幽香还在抱他。
他忘了喉咙浅切。他忘了分神，彼一次沉沦迫至泼溅，
欲戥外烫她的耳朵。他忘了，芥兰的情欲，群星，和他抛洒耶
　　路撒冷的古意。
他没有攒下曙色。他想劈开精舍，修剪改良后的深渊。
他骑着镇草剪，在月季绕膝的市场三心二意，
用一件小事"烫她的命运"。

* 引用韩博的一句诗。

水的记忆（组诗）

李 云

白衬衫

有点小了、瘦了，我知道它不适合我
但我还是坚持
把它买回来了
它的白、它的蕾丝花边
我实在不想错过

是啊，那一刻，它就是我童年的海
白色的浪花拍打着我
蓝色的大海呼唤了我，有什么办法呢
一个情愿死在大海里的人
把不合适
当成了最爱

如今这月白，这蕾丝，这柔软
都是我的了，我把一个温柔的海
捧在手上
如同穿在身上一样喜悦
这一刻，我就是那个被海水
溶化了的人

这海浪的白，这白衬衫的白
还有这蕾丝花边，海水一样愉悦了我的骨头
还有什么办法呢
一群欲望的波澜，正纷纷

跌进我身体的缝隙

安　置

有人送我一只母鸡，让我杀鸡取卵

有人又把我比作一枚鸡蛋
"外面很硬，里面清纯，内心很软"

可你却送我一柄弯刀
让我直奔主题

哦，弯刀
黑管和手术钳，这些与我有什么关系呢

整个春天，我都在试图抓住什么
但那绝对不是一只鸡
或者一枚卵

也不会是你。此刻我必须把壳交给大海
把灵魂归于寺

我把鸡蛋还给了母鸡，自己归零

佛光之夜

那年我在荒村听雨，今夜
我在世外听雪
这洁白的
纯银的夜晚，是女性的

今夜，我用彻夜不眠
修改了
一颗流水的心。我深信，只有圣贤读过的书

才能照见天上的云

我在书香中舞蹈
或绽放，那孤傲的、真理的玫瑰
一次次把光芒
洒向尘世

哦，佛光之夜
雪在飘落。此刻没有谁比我
更清醒、更清澈
世界多么净美，当我飘向一片梵音
当雪，落在雪上

水的记忆

日子太缓慢了，如果可以
请让我爱你，爱得快些更快些
是的，而立之年，我已经无法诉说
生命中
那些幽暗和孤寂
当我醒来，看见光线中有什么
在不停地
诞生，分裂
哦，叶子——蝴蝶——
亲爱的兰
亲爱的你啊，我看见灵魂的挣扎和撕咬
看见书山垒就的记忆
那些水的记忆
是的，月亮下我们在渡人
也在渡己，磁力线在深海中嘶叫着
整日噼噼啪啪
这一切
与我有什么关系呢
因为爱，我恨不能瞬间老去
而现在

我却邯郸学步，扮演一个玩水的人
现在，我也终于知道
我深爱的不是你，而是另一个自己
深水中，两个自我
对抗、纠缠，正演绎着灵魂的分裂

宁　愿

我宁愿我是孤独的，一个人独来独往
像鹰，断翅悬崖
像老虎，独自呼啸在深山老林

我也愿意是八大山人笔下的
这只孤禽——
一副白眼向天的模样，说着
世人不懂的孤愤

我宁愿我是死了的，灵魂飘在天上
沉默地看众鸟儿
在高枝上搭戏台：哦，高一声
低一声啊——

可是在不死之前，我终究
还是有所怕：昨夜在梦中，我又一次
被不知名的暗器所杀

流花的湖

一朵朵水花，荡开。一朵又一朵
睡莲，一颗又一颗
波动的心……我想，我曾经来过这里
或者多年之前，我曾经
在这样一个梦里

飞翔过——
那些花语，我懂；那声呢喃，我也懂。
在一些可能的梦里，我们可否同行

哦，流花的湖，流花的梦
我在蓝色湖水中行走，在天籁之音中行走
看月亮挟持着星星
滚滚而来，又滚滚而去了
而我的湖泊，依旧在这里蓝着，绿着
依旧有鸟的呢喃，高一声、低一声传来
那么深情，舒缓，像水语清澈透明
看不见的光线，纷纷落下，一只只白鸟纷纷落下
而什么什么，从我的梦中径直弹出

愿　望

多么壮阔啊！神啊如果我累了
躺倒——

请让我体面地躺成这万亩葵园吧
一片母性的土地！

忧伤的夜晚，我会用这十万头向日葵
与星群

遥相呼应

葵花地

我再一次对着那片向日葵着迷
我并不因为她们
时时追随太阳而有所责怪。
我知道，她们是美的
一种深入自然的美，深入了我的肌肤

深入我的内心

你看她们那黄色花盘
打着蕾丝花边，那绿油油的大叶子
连成一片。白天，她们举着风儿和阳光
夜晚，她们举着的
则是星光、月光、灯光
其实她们本身
就是最迷人的光芒

她们一株株生机勃勃
交相辉映。这个夏天，是她们
是可爱的向日葵，一次次
吸引了我
我一次次着迷于
这样一片葵花地，疯狂的向日葵
一次次在我心上
旋转、歌唱

可我，不是凡高
我不能把这片葵花地
整个地，搬入我的画板
我只是一个诗人，我一次次赞美
我赞美我的葵花地
赞美我的向日葵
因为爱和赞美，这个夏天
我像这片葵地一样：富有，快乐
生机勃勃——

风走过的地方（组诗）

■ 小布头

樱　桃

这鲜艳的果实，有别于其他事物
于盈盈一握间，吹弹欲破的娇柔
夜的光芒附着它的圆润
在月亮的旁边，棉织的云用薄如蝉羽的呓语
陈述它。正像那次我傍着你的肩，进山
摘樱桃

一只蜂鸟，飞过一片空寂的苜蓿，山风的指甲划过
小河裸露的体位，镀金的细浪爬上樱桃的
酒窝，你爬上云中梯子
我们来得不早
也不晚。那枝头上的羞赧正当其时，那樱桃
小口中的蜜
与我们体内的盐粒相互吸附、攀援，却酸碱适度

一转眼，梯子隐于密林
一转眼，着色的樱桃，遁入宣纸水墨的纹理
修成隐士，必褪去其鲜
隔着生死之薄瓦，我还有勇气
道出此生唯一的奢望吗

你说出了樱桃
你不能说的，你没说

坐在吴山茶舍

云的拂尘
轻掸了一下对岸的吴山
湖水把吴山，和吴山茶树摇晃的
身子，折叠成湖上皮影
怀揣草木的人，采集
晨光，摆弄着手上七色光谱

光影拽动色点，穿过湖面湿气
绕住伺茶的我
旧月琴在我的盏底
凌波仙步，弦含吴山青茶的前生

谷雨前夜，吴山茶树
一夜间获取了疗治的秘笈
它们山顶上站着修行
火焰里翻滚着修行
密闭于茶仓，黑暗中修行
一苇泅渡，深渊里修行
在枯坐者体内，卧着修行

而我把盏，啜饮一小口
这光阴小蛇就缩少了一圈
直到杯底浅现，内心铺开草纸
一粒古茶树的种子，落向静虚处

羽毛枕头

天使围着妻子病榻
这一夜，她不再说梦话

有许多的嘴吃她
从太阳穴，到颈项凸起的蓝色月牙

它那么渴，以至于每条触须都重复一个动作
吮吸。它尖喙上的爱，带着古老的敌意

谁也没有发现，弥留之际的梦话包藏真相
羽毛枕头里有一张贪婪的嘴
日夜以她的血液当鸦片

两条终将相忘于荒漠的河流
交错于枕上人各自的掌纹

生命如此而已。孔雀收起羽毛，王者
褪下花冠；食指渐凉，恩怨消退于瞳孔
守灵人的痛，如空洞所见

死亡让他如此近地嗅出她，辨认她，铭记她
这种近，仿佛来自远古，来自他们各自的心房
也仿佛是，没有被言辞指认的爱

不　遇

年兽撕咬梦者衣角，骑过腊月、正月
访友的人，身体里的船只遍插杨柳
琴被月光一遍遍擦拭，它大音若希
引而不发，如头上悬置的剑气

我提灯笼，我出东门，我刮东风
我穿绿布衫、红灯笼裤，我的马儿不用扬鞭　也是疾呀
咕咚，咕咚

前方是大运河，船儿弯弯的地方是月亮湾
我剪一片月亮给你当风筝
我剪一角童年为你抵春寒
我剪母亲的背影扶你上马鞍
我剪一段高山流水绕着你的村庄转
我剪一根青藤弯弯曲曲拐到你门前

我剪一册史书把你藏啊
我剪一部地理有你在的地方命名桃花源

去年的词儿新谱了曲
那声声慢
那缠绵
疾驰的马儿裹足不前
深深寺院，年兽走远

抱琴不遇的人袖藏梅花
怀里为你积攒的雪千年不化

风走过的地方

风走过的地方
并非全部，为我们目力所及

它从哪里来？要到哪里去
风的提问，只有树叶在答

"树欲静，风不止"
谣言的走向，借了风的脚力

清风拂面，美人簪花一笑
风停了，影子鼓起
静止的身体突然起飞

尘世间熄了一盏灯
风就把它点亮，挂到天上

——黑暗笼罩大地时
星星就掏出身上雪花银

有时候风摇动一下树杈
就不见了。让人质疑于它的半途而废

像那些被风吹散的儿时伙伴
失踪在来时的路上

可风哦，并没有消失
看它正磨亮寒窗，收起露水的弯刀
压低窗前树杈上的月亮

秋刀鱼

你在墨西哥城的餐厅
我在北京后海的餐厅
一样的白色餐布
不一样款型的桌椅叉盘
点同一道秋刀鱼

一块蓝，一块白
一块紫焰。刀状的秋天
被光收割，关于趋光性
飞蛾并不是唯一一个
被点了死穴的群族

炭火讨论
煎锅的营养学
脊背蓝得发亮的秋刀鱼
腰腹白得剔透的秋刀鱼
在牙床的赞美声中，弹钢琴

一曲将息，餐盘将空，柠檬汁
尚未渗入。你还没吃到秋刀的弯处
你还没尝到藏在它身体里的苦逼

绽放

BLOSSOMING
POETRY WIND TOURS

陌岭

但薇

丁小鹿

余幼幼

余千千

刘锦华

清色（组诗）

陌 峪

暧　昧

骨架被腾空
裸露的。细小血管
它容许一面湖水湛蓝的声音
容许。我从你身体里走过

1891年情书

后来的时光
接近底部的。坠落霓虹
我看见夜的经脉
从一条公路向上爬升
汽车。鸣笛。人群的嘶喊
因为深爱
我再次。从旧世里醒来

飘

这一次，我将去得更远
麦田。风筝。燃烧的高原
春天的时候下了雪
山谷里的百合。因为战栗
失去疼痛

风跟随我来。风不说话
而你在远方
失落的长街。小巷。巷子里佝偻的老人
身上的行囊越来越轻
梦里的我歌唱。声声不息
褪去的青春
它美丽。哀而不伤

盗梦人

亲爱
我不能说出
蜷缩在天空外那一半的谎言
茶已隔世
我们相遇过的盲点
我放下的
久病之后的故体
我的身体已展开
冰冷如银

十二座城　之四

黄昏被放逐得很远
这一夜
没有鸽子
女巫的手掌向城市摊开
居住黑暗的孩子
你们要一一说出想要的毒苹果
我会给你
最温暖的一半
如果你愿意留在这里
像那些贪婪的人们索取
更为沉默的内核
如果这个世界

曾让你觉得光明

十二座城　之五

雪已经下过了
你还没来
我要取另一个名字给你
像从前
在梦里初见时我唤你那样

十二座城　之六

但亲爱
田野里我种满了荼蘼花
因为想念
她们将火焰开遍全身
在下一个夜晚到来前将属于你
属于
最后一面宁静

墨

我必须利用你
在我依旧年轻的骨骼中起义
我听到山顶颓然轰塌
听到你沉睡之后
平凡的经脉

沉重飞行

肢体苍白
你的第十七次蝉壳已破碎

完整的胴体
暴露在一个男人呼吸声中的软弱
你放弃自己
在无数次梦醒过后
成为我的猎手
在战争中寻找
丢失的骄傲

北　上

你必须离开
有关记忆的言语。信笺。人
她们将一一老去
不告而别
你要记得歌颂。记得
用生命感谢
低温的房间

世　界

影子在不远处亲吻
花园避开阳光
那是又一个冬季
失落的街道。书柜。红鞋子
我需要走很长的路程
需要。在匍匐死亡的沙漠里寻找
人间的秘密

如果，梦

他们的声音从对面走来
他们像蝴蝶
因为不清晰的梦

空旷找不到姓名
我们路过——
身边的世界
我看到过你。瘦弱的
动人的身体
我的力量
因为遥远，而强大

世界爱情

盛宴过后
你的声线穿堂而过
我一直深信的，透明的火焰
因为孤独
爱上水。与白茫茫的青春

请允许我独行。允许
秋光下短暂的绚烂
允许我忽略午后的果香。与
不谙世事的你

活　着

我交出体内的怯弱
天空已经明亮
草原。青山。单薄的风筝
你必须再次看清脚下的路
必须。用一生来原谅
生存的缘由
黑暗会慢慢走近
你要选择
相信这个世界。相信
曾有的期待

白　鹤

你不曾记得这一刻
我端详过你——
疲倦的笑容
那是。琴键深处的赞颂
你给过每个沉浸内心的
温暖的梦想
海上的枝桠。旧的
盘曲扎根的哭泣
你会爱上我
在起飞的深夜

在路上

月光从未褪下
你将树影压低
我不能看见
池塘边燃烧的蜻蜓
它眷恋飞行
眷恋。迷雾中失散已久的
冰蓝色的雾

圣　洁

烟。绷带。裂痕
有关青春的证明
在下一次飞翔之后被推翻
来。
如果你记得
冬天的脚步
如果我们发现白玉兰
在春天。

陌生人

他已到来
阳光。糖果。柔软的空气
暖色夏季
你无法藏身六月
天空消失
赠与大地轻微的昏厥
他擅自闯入
给予短暂水色后
擅自离开

清　色

阶梯上的目光。旧歌声
我看见——
潮汐过后的城市
它爱上寂寞。爱上

世界之外的
关于自由的说辞
它拆分自己
抛下。枪声撕裂后
飞鸟的幼翅

陌峪，原名刘诗笛，1991 年 5 月 31 日生，2012 年毕业于湖北美术学院服装设计系，创办有"前后创意工作室"，负责书籍装帧设计等。作品见于《中国诗歌》《中国诗歌报》《中国水墨》等。

秘密花园（组诗）

但 薇

门口有光经过

光线有声音指引。河边柳树低垂
如果那天，我们没有背着书包从门前走过
是不是可以不用长大
树叶露出河面，河水自西向东流过
光一闪一闪，像过去，像未来，像梦
也像醒来。

此时此刻

我想我应该可以在石阶或者门槛上坐下来
水里倒影出房子。我真的应该腾出更多的空白
蓄满沉默，再沉默，期待绿叶更绿，河水更蓝
墙面停止生长。不再阻挡，夜色更黑
夜色是无边。

如果有一串绿色将要远行

如果每一串绿色都将要远行。铁轨一样的瓦质屋檐该怎样
　　才完整
如果路走到一半都只剩下拥挤，那是怎样的嘈杂和争吵
绿叶向下，沿着屋檐，脱离瓦片，脱离轨道
她好自由，绿色好清新。绿色有情绪，绿色不安静。

子虚小镇

山里有一群木屋的房子。篱笆的院子里种满蔬菜
晾衣服的竹竿上有微风吹过。冰激凌和月亮寄养在山间的
　　泉水里
他叫我亲爱的小蛇。有时候

时　光

古代的时光很慢。从黑夜到白天
从一座小镇到一座城。从河流到山顶的星星
好慢。一封信从寄出到开启就像用一个人的古代
爱上一个人一辈子。那么慢，那么来不及。

我们总说起将来要去的远方

白天涂抹云朵，夜晚钉上星星一样的补丁
天空就变得像眼睛一样黑白分明。
我还有好多地方都想去。而你从未说过要陪着我

尚未完成

那些年的傍晚，我都会在拉上窗帘的舞蹈室
目不转睛地盯着镜子里的自己。踮起脚尖，旋转，有时候
　　也将身体扔在地上
做一场梦。梦里有透明的小马。它会带着我飞

微微一笑

他喜欢站在阳台上一棵大树。大树从还没长大时
他就等着鸽子衔着信封飞过来。清晨或者黄昏。
他甚至相信那些奔跑的白云，分明就是衔着信封的白鸽子

多多说

夜晚的风是黑色的，隐隐有星星粘在上面，像提着灯笼的
　　小娃娃。
再灌进来一些风吧。台灯的光很亮，可以分一点光给风。
多多说，如果路灯也在夜晚睡着，黑色的风，会迷路的。

什么时候种下去的影子突然长大了

天蓝色的窗帘撒着欢跳起来，好多好多影子变幻不同形状
窗外来了一个魔术师。小屋在月光下也长出了新鲜的影子
大树和小屋都变大了好多。是不是夜晚太怕黑，可这是什
　　么时候

她不知道那一棵树上的花会开出什么样的愿望

透明的屋顶，有光透进来，扁豆姑娘顺着光线向上，月亮
　　躺在屋顶上。
扁豆想侧过身子，陪她说话，有月光像瀑布一样悬挂下来。
夜很轻，风一吹就要跳舞。

我再也不能那样想你了

大扁豆望着摇摇晃晃的月亮，怕她抓不住天空直接掉下来，
就一直在原地，一动不动，偶尔也看看水中的月亮。
有风微微吹过湖面，月亮在水里冷得发抖。

因为那是我的玫瑰花

这个春天有太多近乎粗暴的喊声。花朵一瓣一瓣
张开的耳朵
后来我以为你在北方，风就往北方吹

雷声过后，云层都是虚弱的纱布

夏天的夜晚

她把明亮的眼神和洁白的门牙藏在夜里。
你一眨眼就看不见她了，后来又看见了

糖　衣

我有一所木头做的旧房子。阳光底下很懒很懒
舒坦得好像能闻到金银花的味道
有时候，她赤脚出门，故意把鞋子落在哪里

秘密花园

我把一颗快乐的秘密种在地里。常春藤的枝叶覆盖了石门
和墙混在一起。花园的风。不能说，
轻易地绝望。时间总是太快。

夜来香

与土地亲近的日子。麦子干净，油菜花明亮
我不说话，蚂蚁背影子回家，我想用最少的字，
给你写最长的信

我带你去小时候吧

太阳小时候头发就很长很密，光头露珠总是
眼巴巴地羡慕着
他总是找一片草地躺下来，看太阳升起又落下
小宽说，夜晚是太阳的家，他总是从云朵床上翻着跟斗，

不肯睡觉
那些年的夏夜，总有七八只蟋蟀笑着在唱歌

如　果

如果，
如果，如
果，如果——，如果
我能继续沉默，那该多好，我就像镜子一样
你出现，我就在。

月亮忘记了

我看见鱼儿浮出水面，它快活地吐泡泡
从一片湖面占领另一片，这中间
需要另外安置那些海藻一样的情绪
而后它沉入湖底，其实
这中间，他并没有说什么

水　鱼

我在水里做了一个梦。梦里是柔软
你是好的，云是蓝色。天空有取之不尽的水灵
我也是好的。呼吸温和，不轻易醒来

蓝色的马

连续两个晚上，我都梦到你，有时候是告知远方，有时候
　　哭泣。
怎么问都不回答。每一片风都背离完整，一再地丢弃翅膀，
　　丢弃影子。
吹起碎纸片吹起某个时间、某个地点、某首音乐、某杯咖啡。

后来的后来我们没在一起

看看也好

每一次省悟都让我害怕。依稀能看见森林
半山腰的草房子，我一次又一次清洗风声和雨水
每一片裸石和青苔。她都能够让人安静下来

比起整个人生

那里的白天都是黑夜
除了跟影子较劲，就是跟影子和好
如初。比起整个人生，白天和黑夜一样深沉

秋千迷路

我走到她面前，刚好遇到秋千荡起来
有时候红枫叶落到屋檐，青苔适时碧绿
雾气落到夏天，落到清晨或者夜晚
秋千后来荡回来

但薇，上世纪 80 年代生，湖北人，2011 年获第三届张坚诗歌年度新锐奖。2011 年 7 月参加《中国诗歌》"新发现"夏令营。2012 年获"包商银行杯"第二届全国高校征文诗歌奖三等奖。

月光皴了（组诗）

■ 丁小鹿

遥远的别离

我再也不去火车站送行
再也不让一个句子比这一句
蓄有更多的泪水
夜晚的月光照亮在湖泊上
又有人在黑暗中起身
他们的灵魂像湖水一样摇晃
他们的脚步永不能停止

立 夏

风太大了。在晴朗的下午
两只风筝刚刚摸索到时日的轨迹
其中一只就落了下去
另一只也不能飞得再高
两只风筝在立夏日灼热的阳光下
没能抵挡住一阵风的侵袭
先后殒落在青绿的草地上

在围观者的视野里
一只风筝殒落这件小事，不能比
春天的艳紫桃红消逝
更让人悲伤。两只也不能
在人们的目光中

等待风筝的再一次起飞，太漫长了
太没有意义了，不如去水中
寻找鱼

我没有遇见你

路过一片陌生的植物
低矮的身体，高昂的头颅
这一群骄傲但不孤独的小生灵
我们在一个下午
互相凝视。
用比简洁更简洁的语言对话
倾听内心的风声

灯亮了。
在初夏的午后，比阳光更明亮的
是一盏第一次发光的灯
不曾摇曳，不曾恍惚
不曾给黑暗留下任何
可乘之机。但它仅仅亮了五分钟
便重归黑暗。

两　年

写下这个题目后的一秒
我已觉得单薄
两年是已过人生的十一分之一
是整个人生的百分之三，或许
还要更少一点
想到这，我更加不好意思再去说
这两年的
喜怒悲欢
一些彷徨无措，一些孤独悲伤
如同明日黄花

既没有白纸黑字被记录
也不曾深入骨髓永生难忘
竟是这样轻的，如同初夏的
一场大雨，雨水淋在脸上
凉凉的，不是眼泪

三次重逢

在俗世的第二十一个冬天
我仍在远方，提起
霍乱中的三次重逢。

1
一直是安静的。深夜
寒冷在寂静中痉挛，拥抱
无法止息。
冬日刀耕火种，所有的花
都已离开
在不断旋转的塔尖
没有人记得
谁的美留下更多。如果
再有机会
你来到我的夜里；如果
听见潮声
和湖畔夏花的哭泣；如果
你在浓雾中
看见一片大陆的瞬间干涸
请允许花朵之蓝
凋谢于道别塔尖最后的舞蹈。

2
我辗转的地方是梅。
不仅仅有梅，区别的事物
是阴冷的山洞，和黄昏。
虚弱的春天。

梅香弥漫
伫立在洞口，安慰每一次
孤独的回旋。
泛滥于冬天的红灯笼
高高在上
也被时间覆盖。

梅的美逐渐加深，而街道上
行人渐稀
已没有人可以道别
更没有人相聚。
春天，夜幕降临
躁动的梅林，花一边开
一边落。

3
一切远去的都未曾到来。
在梧桐已然落尽的冬天
我坚持你先行
留下足够的时间
让我看清街道上柔软的离别。

我坚持这样的离别是柔软的
如同某个夏日
我们并肩而行，互相倾听
对方的蝉鸣。

我知道绵里藏针这个词。
微笑并不能代表什么
再见也不能代表什么
我坚持你先走，让我在诗句中
记下你转身的姿势。

最后一片梧桐叶即将落下
我已叫不出你的名字。

月光皱了

我从不否认心里的皱纹
如嵌入生命的风湿病
在寒冬与大雨时
提醒曾有过一场洪水
在淹没了整个村庄之后
轻盈地离开。

后来的记忆是：
那片荒芜的土地上，只有月光
飘飘荡荡，凉凉的，皱皱的。

丢　失

雨下在黑夜
黑黑的一两滴
我小心用手拢起来
转头对身边的人说，下雨了

没有回答
要走的路更加黑更加远
风抗拒的气息浓烈
绿也无法挽救

变空的先是耳朵
之后是眼睛
之后是嘴
之后是牙牙学语的许多年前

行走的道路空空如也
它们提醒着：这么多年
除了一身无处化解的潮湿
什么也不曾剩下

蜕　变

一个女孩蜕变成女人时，
会特别
在意一些细节：
为什么下雨了，为什么没有人撑伞？
为什么天黑了，为什么路灯亮得突兀？
为什么春天变得颓废，夏天依旧燥热？
似是而非的秋天，
不再适合谈论。
她们越来越像一个孩子，
会突然迷恋游戏一般地
迷恋烟，迷恋酒，
迷恋内心蜷缩的野猫。
她们不再言语，
不再笑，
也很少哭。
更多的时间，她们面目潮湿
如小河的水流淌。
站在独自的门前，目睹一棵树，
一夕之间，摇落所有的果实
变得荒芜

丁小鹿,女,原名姬再明,1990年生,安徽滁州人,现居上海。
曾在《诗选刊》《中国诗歌》《中国诗人》等报刊发表诗歌作品。

一个人的好天气（组诗）

余幼幼

饥　饿

我以为看不见你
就可以更好地看懂你

我们还未到成熟
已把热情折叠进了
世故的皮箱
我以为不失眠
就可以和你再不相见
就梦不到
想念所产生的纠纷

寒冷是固定的盘中餐
它为痛恨相识的人
所食用

我空着肚子
为可能看见的你
关上了窗

菜市场

周末的农贸市场
被新年的喜庆分解成

羊杂碎、牛下水
和猪大肠

只有一只刚被宰杀的狗
保留了全尸
尾巴直指大地
干瘪的乳房在寒风中招摇
牙齿暴露
还有一副活在世上的狰狞

即　景

那个耕地的人看得很远
看到自己的
下半身被泥土埋了
手和枯萎的藤蔓击掌
于某条边界线
用土地分裂的个性
对生命进行挖苦

身体和过去有一种结合
野蛮的行为
只剩下几块肌肉
与劳动和解
冬季解放了庄稼的疲劳

植物要进行手术
人要停下来望望远方

一个人的天气

阴晴参半的天气
偶然遗失了
目光

穿过玻璃
穿过草坪
穿过树林
穿过毛衣
穿过胴体
一对秘密幽会的小情人
嘴对嘴
肚贴肚
我近乎荒诞地
抖了抖右手
烟灰缸成了盛满泪水的洗脸盆

听　海

我的抒情信掉进了海里
从未谋面的容器
潮水见底
一粒盐躺在里面
养不活你凶猛的习气
我用迎接末日
的庄严
来迎接每朵浪花
我深知你会席卷我的每一寸
我深知
从贝壳里听见的
并非海的声音

下雨，下我

这大雨
把想象力砸了一个陷阱
我顺势跳了下去
看见下面
有很多个我

千姿百态：
诗人
女人
大学生
哺乳动物
只有眉目间吹过的冷风相似
仿佛天空下的不是雨
而是我

倒　错

磁铁吸走了时间
我睁不开眼睛
因为
你没有了

你没有了
我睁不开眼睛
时间又回来了

在倒错的程序里
我们先完成了怀念
再完成告别

余幼幼，"90后"代表诗人，1990年12月22日生于四川。2004年开始诗歌创作。作品曾发表于《诗刊》《星星》《汉诗》《诗歌EMS》等国内外多种刊物，作品入选《新世纪诗典》《中国新诗年鉴》《中国最佳诗歌》等多个重要选本。出版诗集《7年》。

春天的时刻（组诗）

余千千

你说，我听

就在刚才，你说起
冬天第一场雪的盛况降临在天空
深邃的眼睛里
你说童年
捕捉行走雪地的山麻雀
听它的鸣叫，变奏成十二月梦幻的天堂
说起时间，是滚动的雪球
慢慢滴落进
一个中年的听力，侧耳倾听
你说起，苦命的老母亲
从乡村教堂
带回牧师的圣经和阳光
你说阳光
从休眠的万物中浮现，舔舐雪地
舔舐母亲裸露的伤口
母亲，我们的母亲……
大地上醒着一只只会流泪的眼睛

垂　钓

岸上的垂钓者最后一次收紧鱼线的同时
施放的惊讶的笑
网住了黄昏的嘴巴

一只身穿燕尾服的蝙蝠
在婚礼现场走神的酒鬼
奋不顾身地俯冲到河水香槟色的杯盏中

伪装小鱼的诱饵器被意外死缠
另有脱逃声，欢呼着散开

垂钓者惊讶的笑
网住黄昏的嘴巴
不再有人说起毫无可能的事情

爬　山

应有召唤：山风过后，枯枝膝盖弯下来。
上山的路异常艰辛，
脚底抓紧，我手中空无一物。
路途的草累死了，天马湖底长出，它墨绿色的信念。
喔，候鸟们从头顶飞过去了。
我抬起匍匐的身子，妄想本身让我
远离他人。成为飞鸟的真相
或许，它就是我的一部分。

春天的时刻

如此神奇，春天
有雪粒造访：水流声休止于人类冰冻的脚印。
它们是山坡粉碎的冰石，
是无数变化的思想，它们汇集头颅的中央，
在天穹的注目下，投掷虚空。
你看，它们是星辰，是星辰死亡后分解的陨石，
它们静卧在黑夜巨大的汤匙里。
它们进入泥土。冰封的泥土
藏着昆虫的尸体。植物微眠，灰烬之后残余的树根隐隐晃动。

在春天苏醒的时刻，你看，一个全新的世界
正从神灵苍白的指盖下爆裂而出。

夜　蛾

为我所见：
一开始，他的身体
就悬挂于灯罩内。一种被白天禁止的光
现在正是围绕他的整个世界
保持静止的状态，摊开松弛的叶片
放平翅膀，想象月亮
——来自灯塔上空的牵引
他是谁？他从果树间重重的阴翳处飞来
带着神圣的使命，全然不顾地
投入到明亮的光圈里
付出致命的爱

愚人自白

父亲牵着母亲
在散步。燃烧的荆条
躲在路边
发出愚人的笑……
瞧，像一只鹳鸟
我跟在后面笨拙地飞
低处，湘江
河水里，河床裸露，颠簸着
浮游水面的石子
父亲和母亲伫立河边
微风拂面
微风用手指平均分配余生的光阴
他们相视而笑
他们轻声交谈着什么？

好奇的孩子
悄悄飞近，充满疑虑和无知

先　知

直到……有一天
我把自己幽禁到大自然，隔绝于世

山毛榉林里，坚韧的枝条
在太阳的光斑下折断意志，影子
歪斜着投向地面

我们是叶子，羊齿状的割裂
而亲人们逐渐落满
盘结弓曲的树根边：泥土死亡的气息
剩下我，皱巴巴地挂在树上
已无一人相识，再也
无所依托

只剩陌生，以及互为陌生的
冷漠地路过

哦，妈妈……
但我仍顽强又孤独地活着
除了你，还会有谁为我预备这颗
疼痛而又哭泣的心？

　　余千千，湖南人，上世纪80年代生，诗歌中的独行者。坚
持写独一无二的诗，追求诗歌写作的最高境界：在自我和无我
之间自如地往返，并将自我弥散到世界之中去，天人合一。

在歌唱 （组诗）

刘锦华

现在的夜

星光如常　宽厚的温带植物
清净地吐放着它们温厚的呼吸
露水结成一个个梦的果实
神秘浅笑的湖水很快把她的笑语
恩惠给湖畔那些和声的细长叶脉
月光写着自己的诗句　在我脸上
她只留下一个安谧的谜

我似若清醒又仿佛淡淡地睡着
复流耳中的歌声很轻地盛放
又清幽成一片片白色花瓣上的香
我的额角有爱正吻着
我察觉自己正去向哪里
心所系之所吗　那爱的
魂灵和珍藏的光芒

在歌唱

灵性的风穿越一切后静息在我掌上
它的身体沙一样磨砺
又沫一样糅合

它静静地渗着

把一切遥远的清晰和临近的模糊
以一种歌声渗入我的肤与血液　心与魂灵
它分享着我喉尖的声音与呐喊
又乞求我是沉默　是毫无承袭的纯洁

我的歌声为它守着宁静与欲狂的秘密
我的身体　心魂灵
她们是秘密的三只福杯
一只是生命的馈赠
一只是爱的庇护
一只是永恒和她的热烈

月　光

夜与诗行的边界是一片月光
流萤轻落在言语的衣袂上
憩息灯下的影
一道透明温柔的栅栏

细腻的波浪漂浮着
又推拥开灵感蜷曲的花瓣
热切的海蒙上我的双眼
所有神秘的念想都在我的目光里奔跑
开始呼吸的月光是生命的密语静静敞开
所有的爱正密合成光的诗行
落定又流溢在我月光一样的心房

还在远方

她的双眼是一片蓝绸
雪白的羊群是喜悦的孩子
奔跑在有风作歌的草原
她的心动还有那些火红的天空
以及苍茫茫的大雪一片

她是爱的牧羊儿
生畏的盼切低于无言的流水
又高出鹰眼一样的山冈
结满露水的梦是她的一次次远行
纵然湛蓝的月光曾耽留印心的诗章
爱的牧羊儿
她的倾心和悲伤
还在云端

精　灵

月光下的森林是精灵的花园
如灰的大地安睡在摇篮
太多的安宁来自一首无律之歌
来自一首没有文字言语的诗

许多看不见的精灵在舞蹈
露水却泄密了她们的舞曲和脚迹
是柔情的忧郁　是温润的迷人
在自然的神殿里　目光与找寻都是多余
月下的花园　浪漫歌者所渴望的
善良的惠泽与生的美
而在一朵月光之花的襟怀里　我听到

生命是多么易逝的美好
如晨光里那只吮翼的幼鸟
她来自精灵之女的心

南　方

摘下蓝色星辰　摘来一篮的
蓝色的梦与芬芳
春天　雨水　还有你院中松软的土地
以及满藤的缕红草

我把蓝色给你这些不属言语的星子
只有夜里才能靠近你的梦境
你和我谈起冬天已远的寒潮
我向你问起初春的爱情
是否怀有牵牛花淡紫的味道

手上　一条透明的河有些发白地流过
我们都看见一只飘行河上的红蜻蜓
以及河岸边几块湿润的裸石　如星

饮水的鱼

风已吹来初秋的潮音
月光下的鱼队是浪的景致
怨着夜太寒　怨着非雾的月光
却比雾更迷失脸庞
蓝幽幽的星　夜夜陈述着它们的光明
行将熄尽的虫鸣　无所旁骛地还在歌唱
枯瘠的山是否会凌空一些羊的目光
冷暖之中　又有谁能沉默得安详
仿佛时令的陌生者一样
说　那自知冷暖的鱼
只是一些饮水而愁的浪

刘锦华，泉州安溪人，1986年生。在《福建文学》《诗选刊》《散文诗》《海峡诗人》《散文诗世界》等发表作品，入选《2012中国最佳诗歌》《80后年度最佳诗歌》（2012年）等选本。

"新诗人"，正从我们的身体里走过

阿 西

　　这是几个"新诗人"的诗。这些诗几乎没有所谓的传统的遮蔽，几乎没有经受所谓的诗歌知识的"污染"，最大程度的留存了清新而生动的原初风貌。透过这些诗，我们得以看到自然生发的诗，有活力的诗——像原野上的鲜花，不粉饰，不做作，青青涩涩中释放着生命强劲的气息。这些诗，让我们感受到诗意的精彩，也让我们感受又一代人的精神走向。让我们侧目，并驻足于诗行之间。

　　几乎每一次"新诗歌"的确立，都是从某种反叛开始的。陌峪从"墨水"这个古老意象找到突破口，发现了个体情怀的时代属性——"我必须利用你 / 在我依旧年轻的骨骼中起义"（《黑》）。这不仅是对"墨水"的态度，不只是对传统的态度，也是对自己的态度，是对这个时代的一种内在回应——凸显了一代人的"硬度"。陌峪的诗，有着青年诗人固有的自我启蒙，追求自我人格的确定，这也是"新诗人"最令人关注的地方——他们，她们，将给诗，给生活带来怎样的新定义。"女巫的手掌向城市摊开 / 居住黑暗的孩子 / 你们要——说出想要的毒苹果"（《十二座城 之四》）。在她虚拟的城里，谁是"黑暗的孩子"？为什么要"毒苹果"？这种建构在现代主义精神的立意，质疑当下或转型期每个混乱抑或不安的内心。暗示着"新诗人"深刻的内心世界里，有着一种强烈的担当意识和道义感。

　　"一只风筝殒落这件小事，不能比 / 春天的艳紫桃红消逝 / 更让人悲伤"（《立夏》）。丁小鹿关注小事件，是这个经济时代里，又一种人文化的人格关怀，表现出"新诗人"已从宏大的场域把自己分离出来，向下寻找自我的栖息地。这种自我实现表明"新诗人"更看重回归自己的精神疆域，并且在语言中找到自己的存在感，实现了外在世界与心灵世界的平衡。"路过一片陌生的植物 / 低矮的身体，高昂的头颅 / 这一群骄傲但不孤独的小生灵……"（《我没有遇见你》）。"新诗人"把"任何植物"看成是自我的存在，同构于相同的时代语境之中。这种姿态，不同于先前时代的那种高蹈与悲悯，更多的是自然，是恬淡的生活观。"雨水淋在脸上／凉凉的，不是眼泪"（《两年》）。我们看见了"新诗人"的自我救赎，也看见了一份心境沉稳中的坚定和自信。

余幼幼的诗，带着我们进一步向生活的场域走去，去见识"新诗人"所感受的现实，她更明确——诗，是生活的全部或主体；是个人的，更是大家的。"……一只刚被宰杀的狗／保留了全尸／尾巴直指大地／干瘪的乳房在寒风中招摇／牙齿暴露／还有一副活在世上的狰狞"（《菜市场》）。"新诗人"以生活者的身份来表述菜市场，表述其独立的人生视角，直逼现实社会具体的真实，有一种强烈的冲突感——"狰狞"的冲突感。诗，最终还是要回到现实这个层面上来，回答人类必历的心灵疑问——"我用迎接末日／的庄严／来迎接每朵浪花"（《听海》）。这里，有一种莫名的神圣感萦绕在语言之外，像宣示一般。但是，为何要如此"悲壮"？为何要如此彻底和决绝？"新诗人"和我们一同处于拜金主义盛行的时代，"新诗人"在怀疑和彷徨之后，走向了更具独立倾向的"另一处"。这已不是诗所探讨的问题了。"新诗人"提出的课题，谁来给出所谓正确的答案？

在但薇的诗里，个体与时代的紧张感得到了较为充分的缓冲，她似乎找到了更多的可以对话的话题，拥有更为丰富的现场感。"我把一颗快乐的秘密种在地里。常春藤的枝叶覆盖了石门／和墙混在一起。花园的风。不能说，／轻易地绝望。时间总是太快"（《秘密花园》）。"新诗人"对现实，对生活的信心更强了，可以和每个生活者一样，自在的接受和面对一切。但，很明显，但薇还是把这种自信引向了时间，引向了虚无。这也是当下每个人的一种情态。《水鱼》这首诗非常典型地写了一个居住"温柔乡"的人怎样耽于个体世界之中，并获得了内心的满足感。"我在水里做了一个梦。梦里是柔软／你是好的，云是蓝色。天空有取之不尽的水灵／我也是好的。呼吸温和，不轻易醒来"。美好的愿望、令人陶醉的"水鱼"世界，展现一代人对平和，对宁静，对安泰的要求。诗，有时就是这么简单，简单到只是和生活同步，和生活同呼吸……一同向前走。

余千千的诗，更像是彩色的多棱镜，每首诗都有好多个立面。多维度的诗意，追求一种超现实的情景状态，颇显"新诗人"对客观世界多元的感应和感知能力。"你说阳光／从休眠的万物中浮现，舔舐雪地／舔舐母亲裸露的伤口"（《你说，我听》）。这首诗歌的语言空间感很强，气息充盈，包容了内心生活的各个层面，又打开了内心生活的无数窗子，似乎让我们看见阳光下的各种生命现象，当然也包括了"母亲裸露的伤口"。余千千的诗深刻于我们的日常经验，又指涉着个体力量的强大。"在春天苏醒的时刻，你看，一个全新的世界／正从神灵苍白的指盖下爆裂而出"（《春天的时刻》）。启蒙思想永远是"新诗人"最为可贵的本质，并在诗歌中不断强化，构成一代人特有的精神指向。余千千不断强化自己语言的含金量，"宣告"一代人的出场。

　　"月光写着自己的诗句　在我脸上／她只留下一个安谧的谜"（《现在的夜》）。刘锦华的状态似乎又更加安静，似乎不再怀疑了，她所需要的、她所期许的，都回到了本地现实这个概念上来，表明一代人依旧要建构基本的社会实践，进而去开拓我们共同期待的幸福。就诗歌观念来说，现实主义永远不过时，诗从来不主张诗人都要走入"影子世界"，走入类似卡夫卡式的抽象文本之中。"细腻的波浪漂浮着／又推拥开灵感蜷曲的花瓣"（《月光》）。刘锦华细腻的观察和笔触，使她的心灵与天地与大海融为一体，并让自己的生命得以靠岸。这也是每个"新诗人"的心灵归宿——与这个世界同在，并共享和创造了世界。

　　这几个"新诗人"的诗都很精短，语言上也比较考究，甚至很考究。她们都有良好的诗歌素养，已经从诗歌与生活的关系中找到了自己独特的表达方式。如果从诗学的角度去阐释这些诗歌，那将是另一篇文章。我只是把她们放置于"当下"这个坐标系上，来考察这些诗歌的精神指向，来品鉴这些诗意中迷离的时代际遇。而至于"新诗人"这个感念的提出，当然不只是因为她们都是 90 后、80 后，也不只是因为她们的诗符合了青年诗人这个范畴，更主要的，我是想透过"新诗人"，提示出一种写作的可能性，提示更具有时代特征和人格担当的诗歌实践。这对于诗歌来说，尤其是对于当代日益泛滥的苍白的诗歌写作现象来说，也是具有深刻意义的。陌峪有诗句："容许，我从你的身体里走过"（《暧昧》）——是的，当然，我们容许"新诗人"从我们的身体里走过——走过传统，走过经验。这本身也是新的传统、新的经验形成的过，是新诗成长的过程。

花絮

*Calibri
Poetry wind Tour*

海男

原名苏丽华
鲁迅文学院研究生班毕业
主要诗集有
《虚构的玫瑰》
《是什么在背后》

爱斐儿

作品散见于多种报刊杂志
入选多个选本
出版诗集《燃烧的冰》
散文诗集《非处方用药》

除非轮回耗空了我的心灵

海　男

　　转眼间，我已不再是推开滇西永胜县城的窗户，渴望着文学梦境的文学青年。那时候我十八或十九岁，每度过的时间分秒都感觉到是如此的稠密而又漫长，每天我上班的第一件事就是期待着能听见邮递员送信按响的自行车铃声，那铃声在雨后或艳阳高照的时候尤其显得悦耳动人。我每每听到这铃声都会从当时县文化馆的二楼往下跑，我显得有些气喘吁吁，直到我来到邮递员面前。我在邮递员草绿色的两只垂挂在自行车后座上的邮包里，搜寻着我的信件，那时候我的邮件有情书、退稿、采用稿件的信件、朋友来信，还有我订的文学刊物等等。那个阶段，每天期望的就是见到邮递员，到周末时因为不去单位，也就无法见到邮递员，时间就显得更漫长了。它之漫长是因为隔离开了那些亲爱的信件。而正是那些信件维系并萦绕着我的文学梦想。那些日子，收到文学刊物编辑的一封短信，无疑会为我的文学梦境插上了翅膀。即使是退稿信也会一遍又一遍地阅读。

　　我正是从那个阶段开始了阅读和写作，同时也开始了像许许多多二十世纪八十年代的文学青年一样给刊物投稿。每一次给文学刊物寄稿，都是一次文学之梦的远行。我会亲自到邮电所给牛皮纸信封贴上好看的邮票，

然后忐忑不安又充满梦境地将信投进邮箱。之后，邮件会快而缓慢地到来，有些发出的稿件也会杳无音讯。尽管如此，写作于我已经上路，如同那些写在格子稿纸上的诗歌已经开始远行。

写作于我开始在滇西永胜县城开始，那座横断山脉间的一座小盆地，培植了我的许多原始的想象力。同时给予了我纵横于世界的勇气，当我回过头去缅怀我的过去时，我仍会看见那一株株幸福的葵花和水中的小蝌蚪们的生活状态；我还会在每年的清明前后就会抵达父亲的墓地。尽管父亲并不是永胜人，却葬在了他从前生活工作过的地方。写作于我开始于滇西，直到如今，我仍然能感受到我开始写在那一本一本黑色笔记本上的诗歌的心跳。我迷恋黑色的笔记本，上个世纪末在鲁院上学时，我看见了洪锋写在笔记本上的小说，当时的场景对我震撼很大，我再也无法忘却我的目光拂过那一本本黑色笔记本的感觉，那个曾经写过《瀚海》的小说家洪锋当时就在他摊开的笔记本上写小说。那是我今生见过的最美的作家手稿。我不知道今天的洪锋是不是还在那些黑色笔记本上写小说。

转眼间，时光耗尽了镜子里从前的我，每个人的沧桑都写在脸上，面对公正的镜子，我感觉到时间的快，一个瞬间就足可以改变我们的命运。那种青春年代的慢再也不可能回来。我此刻居住在昆明，这个星球正在以前所未有的速度毁灭着我们的想象力，为此到来的是地球的创伤。昨天我曾想最适合居住的应该是一座远离昆明的小镇，我的期待或渴望与年轻时候的我形成了强烈的落差，青春的时候我总是想搭上卡车和火车去一个更大的城市，去相遇更多的人或事。而现在的我却逃避着城市的一切，总有一天，我会寻找到这个地球的一个蚂蚁似的角隅，寻找到缓慢的歌曲和宁静的世态。

更多的时刻，我会独自出入于角隅，有时搭上一辆大客车我就会寻找到与地理相关的民族，倾听他们浓郁的地方口音，在不知不觉中我已经到达了一座县城一座纯边疆的小镇。从儿时开始，我就训练出了迁移力并在这些时间经纬度中用味蕾适应那个地方的各种饮食习惯。所以，直到如今，这种适应能力依然很强，我曾在滇西的澜沧江边岸行走，借助于江岸的力量寻找我的诗学符号。我曾在从澜沧江沿岸回来后完成过六十首十四行诗《忧伤的黑麋鹿》，这是我诗体中最重要的文本。这是其中的《在澜沧江红色的纬度里》的一首：

> 雨淋湿了澜沧江裸露的腹部
> 轮回转世的女妖们纷纷出场
> 从幽暗的灌木丛带着柔软的妖体
> 逆流而上，企图统治这个地区神秘的黑暗
> 在澜沧江红色的纬度里
> 人妖长出了双翼，拍击着两岸沙滩
> 带着历练的诗歌出现的是海男
> 她是这个地区从香草中出世的诗人
> 夜色深陷以后，白昼替代了黑暗
> 在澜沧江红色的纬度里
> 泥石流来得如此疾迅，揭竿而起的是风
> 狂风暴雨浇铸了岸上最绝望的舌头
> 在澜沧江红色的纬度里
> 飘动着一个女诗人舌尖上的演变术

迷恋上云南的地理生活，使我会选择各种季节出发，在任何一个地方

我都可以原生态地品尝到地方的食物。两年前我前往滇西的边城耿马，到了一座纯佤族山寨，被热带的芒果树笼罩中的山寨，我喝着香甜的米酒，品尝刚从树上摘下的酸芒果，这芒果被佤族妇女用一种特殊的作料凉拌以后，真是美味无比。坐在芒果树下在米酒的弥漫中我倾听到了佤族民间歌手唱出的最忧郁的歌曲。那天我忧伤地醉了。我乐于这样的醉，每次我出游到边隅我都要醉，我说不出我为什么要醉？我在从大怒江回来后曾写过这首题为《我们咀嚼着荞麦谈论着死亡》的系列诗歌。这首诗歌如下：

坐在铺满暮色的怒江峡谷边
我们咀嚼着荞麦谈论着死亡
这个被我们出生以后就用蓝墨水圈住的词
此刻，从紫蓝色的怒江峡谷中汹涌而出
介于死亡的有限记忆源于惊悸的春天
那是被春祭之神所演奏过的晦暗地带
介于死亡的经验源于凉爽而热烈的奔逃
那是沿着秋祭之神所演奏过的花园的凋零
只有在怒江边躺下去，你才会放弃颤栗的搏斗
在风中将一粒粒荞麦抛进舌苔之下
只有当我们不再谈论死亡时，那些过往的精灵们
带着烛火，经过了我们屏住呼吸所看见的岸滩上的祭台
我们咀嚼着荞麦体验着死亡之临近前的焰火
蓝精灵越过了江水，将白银的床榻，梦的深渊馈赠给我们

我之写作不再像青春期的某场事件一样显得轰轰烈烈，它越来越趋向

平静。在我们这个地球开始频繁地遭遇着越来越多的灾难时，我的心依旧保持着挚热，它使我的触角更敏感也就更忧伤。去年我完成了长篇小说《碧色寨之恋》，直到今天，我的灵魂一直在那条百年前的铁轨上游动。我不知道明天意味着什么？不管生命的轮回怎样进行下去，我知道未知的写作就像死亡一样等待着我。所以，在我刚完成的长诗《我的诗履历》的最后一首中，我这样写到了2011年：

> 花，萎谢了还会再开。火车远去了还会
> 奔驰而来。作为女人的我之所以出生
> 在云南边疆，是为了做诗人。现在的我
> 将再一次地穿上长裙去云南的边隅
> 春天是云南最美最长的季节
> 我会穿上裙子，让那些花儿感觉到
> 我是花儿们的同盟。我是流水我也是
> 时间无法毁灭的一种符咒
> 穿上长裙去云南的边隅，我会让那些
> 吻过或拥抱过我的人，像铭记一朵云一样
> 记得我写下过的一首诗歌。总有一天
> 这首诗歌会成为我的墓志铭
> 2011，消毁我年华的时间奔驰而来

我仰起头，看见了蜂房看见了宁静如山神的守林人看见了羚羊在歌唱。

我与"废墟"

爱斐儿

　　被我称之为废墟的地方，其实是北京元大都城垣遗址公园，它是在首都元大都都城遗址上建造起来的，全长约十余公里，是北京市城区内最大的带状公园，元世祖忽必烈经18年用土夯成。沿城墙有条小月河，为清河支流，源自德胜门外关厢，沿昌平路两侧向北，经马甸至清河镇入清河，长10.25公里，是随着元大都的兴建，由人工渠与自然冲积沟形成的一条古河道，至今，已静静流淌了七百多年。相对于"元大都城垣遗址公园"这个冠冕堂皇的名字，我更喜欢称之为废墟。在我住所附近的那段土城墙高12.5米，宽31米，有一处名叫土城关的地方，即为元代健德门遗址，我的漫步常常从这里开始，沿河向东，经北土城到安贞门，往返数公里。对于我来说，这座废墟就像我心灵相契的友伴，更像一位安详慈善的智者，端坐于时光之上，用草木生灵的万千姿态，用一条淡如日月的恒久河流，缓缓地为我复述生死，复述久远的繁华与烟尘。对于这座废墟，我对它有一种宿命般的钟情，于是，我把自己大部分时间交给了废墟，交给了一份安然与祥和，从容与淡定。

　　废墟上，沿小月河两岸遍植洋槐、松柏、毛白杨、核桃、竹子、海棠等树木，也种梅花、迎春、连翘、牡丹、月季、美人蕉等花草，这些多姿多彩的植物构成了一个美丽的王国。在这里，有太多令人油然而生亲近之感的事物，它们美好、自然、充满勃勃生机，每次经过它们，我几乎都能一一叫出它们的名字。有时候，晨雾笼罩废墟，安静的草尖上悬挂着晶莹剔透的露水，世间一片单纯美好的景象；有时候，树木交错的枝叶因为微

风的原因而发出沙沙的响声，仿佛数百年前那些化作泥土的魂灵，在以另一种形式握手言欢；有时候，行走在新割过的草地，置身于鲜活生动的青草气息之内，顿觉万物生灵无不处于循环往复的途中；有时候，沿着砖石铺成的甬道，步入树林的深处，会闻到各种植物独特的气息，会听到各种婉转鸣响的鸟音，时间久了，仅凭气息就能判断周围有哪些草木，仅凭声音就能判断哪种声音是黄鹂，哪种声音是喜鹊，哪种声音是夜莺。在这里，一条路无论走过了多少遍，都不会有重复和厌倦的感觉。当一场春风吹开万树花朵，美丽的色彩足以让你炫目，芬芳的空气足以把你醉倒；当一场大雨令无数蚯蚓、蝼蚁失去家园，被无辜的行人踩踏，陷身一片血肉模糊的泥泞，你会觉得脆弱渺小的不只是低处的事物。我甚至在百年不遇的那场大暴雨中，去看望它们在风雨中飘摇的样子，顾不得自己跌破的膝盖，却为那些被风吹折的树枝、被大雨连根冲走的小草，为跳到岸上惊慌失措的青蛙怜惜不已。这些默默无语的事物，早已被我深深地植入自己的精神世界，与我曾经植入血脉的亲人与故乡共存一处，带给我现世的温暖与慰藉。

半生来，我曾或短或长地居住过一些地方，总感觉脚下的土地是别人的故土，眼前的景象是别人的风景，当我第一次驱车行至健安西路一条不太宽的林阴道时，就被这里高高的白杨树、杂木丛生的土城墙深深吸引。没有哪一处风景，能为我提供如此丰厚的历史底蕴，如此自然的生态环境，能带给我落地生根一样的感觉。大部分时间，公园内都很安静，你不用担心自己的漫游与沉思被无辜打扰。有时候，遇到树荫下对弈的人，打太极、唱京戏的人，你不用驻足，只让这份闲情逸致与周围密密的林阴融为一体，你会感激这些制造风景的人，是他们帮你推远了世间喧嚣。废墟，它尽最大可能地把一个安闲静谧的空间，安置在一个最烦嚣的都市一角，让我从此决定与之为伍；我的生命也从此与这片废墟密切相关，它开始成了我生命的主要场景，为我提供了尽可能丰富多彩的季节更替。也因为我的到来，一个远去的世界在废墟中被唤醒，它用可穿透八百年江山的眼神与我对视，我看到了这里一草一木的表情、神态，我看到了百花的争鸣，听到万物的

生息，它们与那条微澜不起的小月河血脉贯通，通过它们，不断更新我对生命的认识，让我看清了自己与它们一脉相承的命运。

无疑，这片沉睡的废墟，也用自己千年的沉默唤醒了我。它交给我热爱：爱生，爱死，爱血脉，爱伤口，爱鲜花，爱灰尘，爱青石台阶上湿滑的苔藓，爱草尖儿上易碎的露珠，爱小月河中的倒影，爱清晨升起的淡淡薄雾……就这样，我爱上了废墟，爱上了它的苍老与年轻，爱上了它伤不留痕的再生能力，爱它为我制造又毁灭的风景。它的多姿多彩丰富了我的时光，我非但爱上了时光本身，还爱上了时光所包含的一切内容。就这样，就像生生世世寻觅不得的一对情人，我们在这片废墟上相遇，彼此发现，帮我完成和诠释爱——这一深刻的人生主题。

自与废墟相遇那刻起，我就想，如此美好的废墟，我该用什么形式去表达它？遍寻方术，最终发现：唯有诗，可以代替我说出我的爱，唯有词语可以复述我眼里的废墟，复述它的博大与沉潜，它的虚无与存在。于是我开始了不断地书写，从最初的《废墟上的抒情》《河流的指纹》《阳光照耀北土城》《西皮慢板》《柔软的冬季》《零度以上》《逆光》等长章到《小月河》等系列，几乎所有的书写都与这片废墟有关。是废墟启开了我紧闭的双唇说出自己的深思熟虑，我对废墟的存在充满热爱与感激。当然，在我来之前，废墟一直都在这里；在我之后，它依然还会在这里，不会因不同的人赋予它不同的寓意而有所不同。只是，遥想久远的历史，一代代所谓的英雄豪杰，无论是曾经射过大雕还是纵横过世界，无论建造了多么巍峨的宫阙、创造了多么辉煌的业绩，如今都已烟尘般散去，只留我们踩着它们飘渺的往事轻声叹息时光易逝。如果历史可以假设，从来不曾有一位射雕英雄曾经用铁蹄踏碎过这里的农耕之梦，那么，如今的废墟上会长满庄稼还是遍地牛羊？向来，历史从不给我们假设的机会，我错失你的繁华，相遇你的废墟，这是一种必然。你的出现是命运为我埋下的伏笔，注定对你的抒情需要我来完成。

煮酒

POETRY WIND TOURS
wine-warming

　　林雪，20世纪60年代出生于辽宁抚顺，
1988年参加《诗刊》社第8届青春诗会，
2006年出版的诗集《大地葵花》获第四届鲁
迅文学奖。

十年诗经

林 雪

1. 文字之于我

文字之于我，好比一个旅人和一部乘具。青春时代喜欢看疾迅的文字，那时的人生喜欢快车。而且喜欢看快车一次次飞过小站，就像人生可以忽略掉许多不重要的事情。以后懂得了些世事，开始喜欢行云流水的文章，在字里行间里留恋一切应该留恋的事物。再成长些年，我心仪的文字是一部马车，散淡在一个漫长的街市上，无数多声部的市井人声，无数世相风景，无数悲欢离合。

2. 近年来

近年来，我比较喜欢用一个词语：诗歌地理。这个词曾在新千年后的头几年，在祖国诗歌界由一些有建树的诗人及理论家们综合讨论过。更远的回溯我没有探寻。地理作为诗歌的本土景观，这应该是具有人文结构、时空定位的"母本自然"。诗人在诗歌地理构架中一个思想与身体及文本的存在，会更清晰地展现群体的、个案的诗歌奇观。在一个诗歌深陷或理想或资本、或现实或乌托邦的世界里，诗歌应该、可能、必须在美、善，在呼吁社会公平和正义上发出自己的独特的顽强的声音。

诗人在诗作中如果能自觉探寻一个后现代城市中人的文化身份、知识及本源，那他就是一位具有洞见力的诗人。在所谓全球一体化的资本背景下，在格式化了的城市生活中，一个成熟的诗人再也不会幼稚地把城市当作自己的温馨的私家后花园，而是要清醒地认识到城市是资本积累过程的时空容器，是权力的承载体，也是劳动力、商品、货币的流通线，是不同阶层、不同信息关系的变革冲突地等等。在如此丰富内涵与外延的定义中，整体的文学艺术都越来越趋于边缘化，诗歌创作在某种意义上，只是诗人自我疗救的一种方式。

书写城市，并对城市、道路、街道、房屋、人群充满了深情的注视。用音乐般回旋的句子，使城市那些分崩离析的灵魂、那些令人感伤的现实，由朴素的诗句走向了抒情诗所能给予的柔和安慰，以及东方哲学式的神秘憧憬，应该是一件多么幸福的事。人总是不断地在路上，在不断地离开家园寻找和不断地返回家园回归的悖论中，在灵魂的清澈不断被城市污染，又由污染不断地希求得到清洗，以重新达到清澈的轮回中。

它们或是朴素的、圣经般的诗句，像逝者一样给我们的彩虹、言语和灰烬。一个人如果想在时间的流逝中有所发现，方式只有一个——不间断地写诗，生活才得以转动。直到生活停止。正如歌德的诗：

> 我感觉内心的骨骼被碾碎
> 而我活着
> 就是为了感受疼痛，痛入心扉

3．我写诗

我写诗——是因为我感受到了生活的诗意，并且，我又恰巧有把它们表达出来的愿望，从这个角度说，也许是个必然。只不过，我还没有信心说自己已经完全具备了表达诗意的能力而已。

我对语言有一种天生的喜爱，从这点说，也许我是那些适合写诗的人之一。我的诗篇——过去，它们是一些类似于天气的东西，可以没有预料地来，然后再走开，用"精神的气象"形容它们是恰当的。现在，一些诗篇同时也是一种作息习惯的产品：即每天用一点固定的时间写诗。相比写在纸上的、已经定格的诗，我更怀念那之前词语的漫游。任何时候——没有准备——灵感来临，诗其实是在你写下它们之前就有的，在形成诗稿前就存在了。在大街上，在人语喧哗的小餐馆，在旅途中，在你心无旁骛、专心地做一道菜时，在大量的、孤独的时间里。一个动力使得你长久地坐在电脑前，记下那些平常的文字。一些突如其来的句子，一些碎片——过一阵子，它们将还原成一首诗。

4．几年前

几年前，当我面对生活和写诗的困境时，我曾经向友人们问过这个问题。这曾经也是我一个具有障碍性质的问题：一个女人如果披上了诗歌的外衣，她在生活中如何面对自己深陷其中的烟火？如果她深陷其中，她又如何理解诗歌？比如我在回答这个访谈的当天还深陷在家务中。我也曾有当天要外出旅行，却不得不跑三家银行，缴费，存款，付月供；跑医院开出行所必须的药，捎带交煤气、水、电话费。当我一边忙着这些实实在在的事，一边却可能在心中打一首诗的腹稿。我去车站旁的超市买回大小七八个袋子的食品出来，作为给家中与我一起生活的父母的营养供给时，街道已是灯火通明。或许一首诗的雏形也已经出现。

直到现在，我并没有找到合适的答案，好像也不再需要这个答案了。因为我已经知道这个世界既需要诗人，也同时不需要诗人。就像真正的文学永远在灵魂中呐喊沉默，而在凡尘间，她更多的是沉默的力量。在世相麻木、人心冷漠成为无奈的、令人悲哀的季节，诗句只能成为良知的一个凭证而已。

5．我不是，我是

我不是那种具备一种超大的激情容量的人——对一切快乐的、不快乐的事物的激情。这种激情曾经使我困惑过——我曾经用很长时间，才使自己习惯了一种有节制的生活——这样的生活是一种减法。减掉不必要的相识，减掉不必要的应酬，减掉不必要的允诺，减掉不必要的注意，也包括减掉不必要的热情。

我也不是个才华横溢的人，如果不节制自己对所有事情的关注，我怕自己是在无谓的消耗。

6．关于我

我在上世纪60年代出生，在上世纪80年代的诗歌运动里正值青春期。冥冥中被诗感召，以更青春的姿势、更热情更锐利的知觉感悟诗歌，实践诗歌。遥想往昔，我看到了自己曾经飞翔在诗歌天空上的、内心孤独寂寥的自我。一切的一切都值得追忆或叙述。今天任何一种或邀文唤友，或旧友重逢，情感中有一种浓郁的、任时间调制不开的诗歌心结，都源于那时的稚拙朴素。一个对未来毫无把握、只有懵懂憧憬的少女，怎么能预知将来呢？更不用说一种文学意义上的气象了。

我们在诗中展现的到底是自己真实的生活吗？如果说，经历了生活和人世，我们有可能对这世上的部分事物激赏、思考，并获得力量和纯粹的话，那里包括了文学化的人生，包括你和诗歌决定性的、奇妙的邂逅。在我以一个个体思维，用诗歌向世界有限地展示时，也会有其他艺术，可以把人类全景式地、毫无遮掩地向苍穹打开。那些青春年代的愤怒，对友情的珍重，对爱情婚姻的惋惜，还有对生活深刻的、不无忏悔的爱。诗性化了的文体展开了生活中的真我，似乎生活可以用文体承载了一切。人生的光荣胜利和生活的焦虑，诗人与日常生活中的差距、矛盾、鼓舞、忧虑、失败。一切的一切，如此等等。

7. 绝望中的热爱

我希望写出诗人的孤独苍茫的精神，还有惺惺相惜的情愫，而那一切值得让人潸然泪下。比如，我曾经听过一个男人讲的故事：一位远在青春期的少年，怀着向生活诀别的心情，孤意预支生命。却在我一组同样绝望，却怀了期待、热爱的诗篇前停下了脚步，重新要珍惜命运给予的一切，如果那是真的，难道不应该流泪吗？而且还要让泪水滚滚而下才行。那种奖赏犹如一个在荒野上徘徊的人看见广大明亮的天空听见灵魂中的一声热烈欢呼——它们能让一个人从迷雾中回来，是读者给予诗人最大的奖赏。这奖赏超过了我得到和没有得到的任何赞美——如果真有人要赞美它们的话。

8. 主义、探险和概念

近10年来，把诗本体说成文本的人越来越多。这不只是一种称呼的变化，还包括一场诗歌品质与承诺的对决。诗句繁轶，诗篇众多，但究竟有多少能触入到生命更多的角落，从而发掘和表达出人们正在经验着而尚未说出的感受，使诗歌的内容达到新鲜和深刻的？

我和许多诗人一样，经历过自己内心里那种如"到来的大雪"般的"概念的黄昏"，正因为此，创新并寻找深度是重要的和难能可贵的。也是一个诗人和一部诗集走向独立和成熟的标志。这些是在我们已经有了那么多诗和诗人之后的今天应该发生的。对"冬天的品质确立和捍卫"也是对诗歌品质的确立和捍卫。不能想象一个诗人怎么能对日常生活中美与新生的事物不敏感？怎么能对日常生活中的苦难置若罔闻？没有了对苦难、疾病和死亡的书写能力，就没有从审美和道德意义的崇高壮烈，没有了那种善于从日常细小的幸福断裂时，那种逝者对生的渴望，和未亡人试图用回忆对把断裂后的幸福缝补起来的努力。这种源自个体痛苦的经验而写就的诗歌，比那些从"主义"出发，从概念出发更令人惊心动魄。

诗人应该有意在文本中探险，以检验自己是否有能力从以往诗歌或光明或黑暗的框囿中，从中国古典和西方文学的强势围剿中突围。当诗人成为一个倾诉者，诗句中的形象注入了诗人自己的智慧。生活是一种宿命，经验，偶然，逻辑中的突变，而文学却有着无限的可能。在自己意识到风险，制造出风险后，诗人就能够做到自己挽救自己。

诚实的生活与诚实写作之间，只有焊接，没有破绽。据此，那些被书写的劳苦群众，才能被赋予一种永久的体面与庄重。

9．还能写多久？

在文学成为公共生活一部分后，几乎每个诗人都有一个天真的梦，以为自己的诗能够为人类和时代代言。诗歌已然成了国情的一部分，诗人转换成知识分子已然顺理成章。但"知识分子从本质上讲，首先是一个批评家"，"是一个特定社会信息的承载者，他是一个社会的人，政治的人，经济的人，文化的人，他们携带着受益人和受害人的双重身份，应该对此有所反馈，而这反馈，有多种形式的表达"。

随着资本生活的全球化，经济生活成为世界的核心。诗歌不能拯救这个世界，但它肯定能够拯救我们自己。为此，向时间索要公平正义的行为，就会一直沿续下去。

作为诗歌现象学的诗人地理学中，我们通常总会寻到一个诗人生长或政治的或生活的元素，总会寻到诗人作品中一种地方文化的精神坐标，以及一个地方人群的集体心理图谱。诗人不仅与他生活的气候环境发生关联，同时也与他生活的一切构成或审美的或批判的关系。在路上奔跑，一直是诗人经典的身份形象。这是诗人的宿命。用诗歌在生命中探寻，漂泊，求索，思考，期待与真理般的父亲相遇。但那种奔跑何其漫长何其遥远！诗人的灵魂，早已与五千年的华夏文明，与甲骨文到今天的汉字的3000多年魂牵梦绕，与百年新诗，以及改革开放30年来的诗歌息息相关。经典已成为过去，未来如何预知？本世纪以来，汉语诗人经常面临的中国古典传统和西方现代传统的双重影响或胁迫。诗人那种无时不在的焦虑，又何止是徒步奔跑的命数？父亲在哪里？即使"还有我们永世不再的成长"作为诟病，又能开启什么解决什么停止什么？

诗中意象或时间已经流逝，历史华丽转身。无论作为编年史的诗歌还是作为现象学的诗歌，改革开放30年以来的诗歌，至少在思想的倾向上，以及本土环境、地理质感等，结晶出一个时代或同质与合流的、或异质并反抗的象征。一个写作时代终将结束，无论是 20 世纪 70 年代初，作为朦胧诗精神起源的新现实主义写作，无论是深具理想和英雄主义精神气质，无论是对乌托邦家园的祈望，还是对蒙昧现实的批判，转型必须开始，那种必然的遗忘也成定数，当新的诗歌写作与人生经历一同来临必须来临时，谁又能说，我们那种"一直深刻的遗忘"不是永久的纪念？但留也好，叹息也好，一切都将是决绝的告别。尘埃即将落定，历史华丽转身。而诗人还将何为？

这是一种对诗歌的隐语。传统诗人那种来源于中国天人合一的精神，来源于儒、道、有为或无为的中庸，来源于农耕文化土地亲缘和图腾收获仪式等传统消解了后，与之伴生的，是典型的农耕时代人文精神衰落，国难兴邦、参政议政、匹夫有责等诸多意识的繁殖，后工业昌盛时，诗人诗歌整体价值感的集体失落，作为社会一个群落的集体失语。象征着主流价值观的、公民或贵族身份的、正统威严审美旨趣的国家话语越来越枯死了，而象征着另类的、草根的、市井平民的或理想或情欲或身体的叛逆的、喘息的、口语诗的写作，不甘寂寞地加入一个娱乐时代的全民狂欢。而"我的奔跑"真的"毫无意义"吗？我赞赏一位诗人的问题："你还在坚守吗？""许多话语、文字和著述，曾经是铁与血"，而"一切思想和真理都在渐渐变成闲谈"。如此，精神的名义或未来的日子，才需要一代人的警惕和操守。诗人正是要唤起世人对真理和意义觉醒的那些人。

当真理化成日常生活中的常识，当无数先哲化身尘土，忍受着永恒的孤寂与世人的遗忘，当诗歌越来越消解掉自身的神圣，在大众文化狂欢中冷清寂寞。诗人喊不出词语，并不是思想穷尽，也不是文字现拙，而是诗人内心仍然保持着对不朽事物的渴望热爱，对美与善的敏感执著，对人类精神前景与人类心理图谱的驾驭信心。这就是诗人之手抚摸和掠过的一切，拥抱和举负的一切。在个人的写作实践中积累着智性和努力并寻找活力，使一切结束后的写作成为新写作的可能或必须。

地远天高（组诗）

■ 林 雪

毛乌素，毛乌素

那些风从多远的纬度吹来？
从多深的年代？——那些风
给树叶的背面镀金，把那些
斜体字的诗篇从经书中吹落
你那时光滴向太平洋后的
一座现代沙漏，你那
洪荒之后的一截方舟。慢慢
沉入地心的一块腊制的蜜
却为我预留出
那漂浮的词语的婴儿
和那神话中的缝隙
在一首诗成长的天际线上
有何回声在铁器内部？
又有何欲望在尘世之中？
路标和墓碑都纷纷疲倦
他们经历过觉醒，但更多的
是沉睡——那景色中的灰渣
连绵成一卷史诗
以往诗歌中描写的一切
都在此尽情呈现——不！
以往已经不够。当每一滴
原子的眼泪、每一颗沙子的心
每一朵灰都悬浮成新的意义
时代将重新安排她的风景

那是初中母语课上
文法老师讲解有关省略
和空白的反语——毛乌素
毛乌素——游荡在你这座
庞大的私人宇宙中那些
行吟诗人呵！请继续吟诵！
那些印刷所的排字先生们
请带着对词汇天生的渴念
请彩排不停！
直到将这首诗发表，直到
把整个大地的心排满

总要爱上这世界

飞机牵引出一道白线缝补云朵
一条漏网之鱼或一只伤痛的鸟
疲倦而轻柔的落向盆地
衔着一个破折号——生活
重新开始吧！只要低些！
再低些！那些青山内在的磷
就会把我们擦亮。

舱门一声轻叹如不舍
吐出我们如吐出种子
黑色的飘蓬。仿佛
跋涉了几千年才回归
仿佛失散如群岛般破碎

一个孩子边走边向身后
拢顺背包，如同梳理自己的羽翅
仿佛他刚刚感悟了飞翔
而那颗心仍在世界之上
高悬不已，仍在
尾翼的旗杆上做梦

总要一次次爱上这世界！

夜里独自睡去的机翼
梦见那男孩长成了一部史诗
和一个人的军队
是一个结绳记事的伏羲
他的黑夜部落浩浩荡荡
带着神话。和她重新创世纪

所爱之地

一只赭色小土狗突然想
横穿马路——被它的主人
一个挂锄头的男人用方言喝住
汽车变线绕过。它没有名字
那男人一身旧衣，只叫它狗狗
——他后退了两步还是三步？
他挂着方言铺起的生活
总要在自己的土地上站稳

大道两旁油菜花正开
旧里程表在一场看不见的
婚姻里数着鸡肋。盆地啊！
我不说"我来"而说"我回"
回到所爱之地
做一个衷情的人

这里的历史偏爱他的孩子
听！树木识字。村庄也
粗通文学。肺腑中吹起
那词语的风暴。多少次
神明在细小的景物前
露出玄机：语言选中了我
一个幸运的人质！一个
打开了卷帘门

使世界豁然洞开的人！

一千面手鼓的喉咙
在血液里低吼。波浪
使低地后高原的影子绷紧
那弓弩，搭上数十公里外
漂来的飞来峰的箭矢
词语与风景在
历史那虚幻的靶心爆炸

那个下午，我没用怀疑
和姑息的欣赏亵渎你
我交出两条细弱的手臂
和一个赤裸的怀抱
无数碎片的声音和思想
无数人民中的一个
大于你的诗学，小于你的
一株苜蓿

青砖甲

秋深了。深到阳光盖不住山峦脚面
深到一个夜还不够，还要加上你的两翼
秋是你的记忆。而生活在哪里解冻？
在哪里等待你，等待我们？——

你的夏季在那里保鲜：红薯给你发来微信
油菜开启了 MSN，你去年啄食的青苔还在
沟渠边懒懒地生长。你转动笨拙的头颈
给北方一个舌吻，然后就飞——

我举着地图模拟你的路线：先飞京哈线
五百公里。一个折角转向唐津，接下来
是长深高速。京沪高速，黄石和连霍高速
又一个五百。又一个八百。在气流旋涡中

嗅出坐标——我说的是轮子们世俗的旅途

而你是要在天空上的。而你是要飞越
那些山河关隘的。而你是要住进
蒸蔚的云霞客栈的。而你是要
一路活色生香的。而你是要阅读和品鉴的
呵那手绘的大地插图，那鬼斧神工！

盆地住民用方言称你作青砖，百科全书
里说：你属候鸟。让我称你为青砖甲吧！
——我是你那发含混唇齿音的一个乡亲
而你是我诗篇中一个精灵

在世界这侧
——模拟一堂初中地理课

让我们把起点定在这里。代号 A。
现在，这儿是一张卫星地图
1 厘米代表 50 米：那微缩过的
镶在大地镜框里的一幅身体版图
那身体里胰腺一样的河流

现在，1 厘米＝100 米。请看地税局
和工商局建筑物上的徽章，别在
镇政府以东的胸膛上

200 米。一只蝴蝶在街道的建筑群落中
起飞。它南面和北面的街区美如双翼
多像爱和勇气鼓起的两胁

现在是 1 公里。镇小学是一个孩子
在西南处默写命运里无数生词中的一个
他们会长大。他们将把那成长的故事
写在被五公里的比例尺缩小了地区之间
划出真理尽可能到达的半径。

20 公里。西面的城市置身在绿山峦中
南面的大陆架悄然入海。呼吸着
那光辉的金属的波浪，在你西面
城市小如街景，群山转成一个抽象的圆
在世界通向神秘肝脏的道路上

200 公里。你正北的长沙武汉郑州济南
正南的澳门中沙、南沙、曾母暗沙。
一个依傍着一个
小如橄榄，亲如兄弟

2000 公里。这是退向时间深处的亚洲
我看见黄河和长江两条河流的骨架
在亚洲天空下倔强的悬挂着

北面的那条是草书的几字
南面那条是草书的心字
那两条孤零零的腰肢，那古老又茂盛的美
用一个轻吻就可以覆盖

与误读有关

时光就像一本书——不旅行者
只读到那书的封面
一件往事：来郴州之前
一直把"郴"读成"彬"
把"耒"读成"来"

祖国啊！我要向你检讨我的无知
是否还因为我懂得忏悔
有药可救？你才像小孩子挑出
一个写错的生字一样选中我
才不让我像即将收割的稻田边
那无人看守的路口
错成更大，走得更远？

所以，像一个内疚——我来了
我摇动时光，是要将米变成酒
我摇动身体，是要惊醒
一个荒芜的童年
我摇动天真，是要洗去它的文身
我们彼此失散是为了相认

用记忆拼出一座词典
用视线嫁接博物馆
用眼泪蓄成一个尘世
在一个延续多年的误读里
拼写出一个新的意义

像新学会的单词
把你牢牢记住
一座河山，在未来的岁月里
把你倒背如流

一方水土

亲爱！我怀揣诗歌，来时正值渔汛
那词语是我的车票：缓慢的，拥挤的
语言，就像我口袋里的硬币

亲爱！我还是你的穷姑娘！如何支付
我尚未到达的小站？旅途刚刚开始
还未过半，它已经透支，并
被你的山河截获

放下行李，去找宾馆最近的邮局
我用诗句向你自首——邮编，区号
省份的简写，汽车牌照的第一个字母

我站成坐标。北纬25°34′
东经113°08′。我站出地理

耒水之上，罗霄山脉之西，茶永盆地
之南——我为你的寻找导航：左邻桂
东炎陵。前胸贴紧汝城，背靠永兴

我的思念足够大：铺开就是总面积
我的亲人足够多，那几十万人之众
是孤单的我的分母

我累时，坐成东南高西北低
我的胴体在梦里起伏：从八面山
梦到程江口，请洗净你的风尘
我是一条江流经全境。我的体温
均衡我的爱恒久。我体内的宝藏
深埋！但请不要过度开采我
我的煤、我的钨、我的硅、我的铁
都是你的。但你要轻轻地拿
久久地用

"绿色银行"的女儿，毛发丰盈的森林
电的姊妹。亲爱！请叫我的小名
杨梅、贡茶、鱼——都将在你的舌尖起舞
我四通八达，你已垂涎，你已失持
你已醉卧我的一江春水

亲爱！如果你仍在祖国，请速电汇
一份厚重的母语——我愿像接受王冠
一样接受她另一个头颅，弥补那诗歌
缺失的一切

SCULPTURE
POETRY WIND TOURS

苏笑嫣

当代青年诗人，作家

蒙古族，1992 年出生，蒙古族名慕玺雅

作品曾在《人民文学》《诗刊》《诗选刊》《诗歌月刊》《星星》《诗潮》《诗林》《青年文学》《民族文学》《美文》等报刊发表，并入选多个选本、获得多种奖项

出版有长篇小说《外省娃娃》

个人文集《蓝色的，是海》

长篇童话《紫贝天葵》

确认之途

苏笑嫣

2012 年 7 月的末尾，我只身坐在北京到成都由北到南的硬座火车上，不知等待自己的究竟是什么，只是知道自己必须要去做。有些事情因被设想了太长时间，它就必须要发生，否则生活就是假的。

这件事从高三起的憧憬，到被确认为冲破高考压力的目的与愿望的重要一项，直拖至大二的上学期，我意识到如果此时不去做，那么以后考研与工作的接踵而来，生活的轨道开始按部就班，也许我便再也没有了这青春时光，让我如此肆意行事。我不是一个直到失去才懂得珍惜的人，对于那些莽然撞进我怀里的美好，因为感恩，和觉得终是要失去，始终小心对待，并亦对命运坦然。只是因为明晰，我早早就已在缅怀青春，但不畏惧有一天失去。

至于那最常见的老年怅惘："我曾经想……但终究没有去做"，这场景只是一个闪念便已令我觉得无限无奈与悲凉，人生匆匆几十年，到底别扭给谁看呢，若不按照自己的心意态度坦诚相待，岂不是枉然？

大学的混沌状态如同一个丧失了原点的坐标系，身处其中的人不免颓唐而恹恹，继而憎恨这个此时似乎已经不是自己的自己。在强制的学校式的"接受知识"的同时，在网络飞速繁衍新事物的同时，学生们对自身的体验与积累却几近于无。人只能越来越远离自身的存在，这就是现代教育的方式——或者整个社会都是——生活变成了模型式的、雷同的、完全人造的东西。所以，那些时间中的我，和我身边的很多人，几乎可以说是不存在的。

人生，只有真正存在，才有其意义。而此行，我只是想找到自己的存在。

彼时，《外省娃娃》刚刚出版，我把它装在行李里，希望与它一路，让书中的主人公彼岸葵知道，让曾经的自己知道，我和我们仍在寻找与确认的路上。在最本质上，她未曾放弃自己。只是，她现在不再敢轻易提及"梦想"这个词，因为这个世界太容易想透，所以连梦想都显得那么虚无。但唯有它，支撑你依然要执着地走下去，唯有它，能让你找到存在的意义。罗曼·罗兰说："只有一种英雄主义，就是在认清生活真相之后依然热爱生活。"或许热爱生活我做不到，但我要在认清之后仍然给自己一个内核，从而给自己不断出

发的力量与勇气，让自己有信念走下去。人生本身是没有意义的，只有你自己赋予它意义。

于是我用头抵住窗外闪后的风景及黑暗，来到成都——川藏线的起点，来到那接下来一个月我未知的旅程生活的起点，来到我此番寻找自我的长路的起点。

从未骑过山地车的人要去骑行川藏线，同学朋友多番劝阻，也并不敢告诉父母真相，到成都后临时买了车子才知道前刹和后刹的区分，尚弄不懂变速。卖车的小哥说我是去送死，又认定我第一天就会搭车，我笑笑，骑着未磨合的车子转了转城区，晚上在人声鼎沸的店里吃火锅，辣得呛出眼泪来。在幽蓝夜色的城区迎着夜间的徐徐微风骑行穿梭，知道未来的一个月将面对的都是截然不同的生活，繁华与喧嚣随着身旁的景色将慢慢退去。

不论路上将遇到什么，只要开始行动，一步步坚定而有信念，

错误的产生和对待的方式都会自动调整而做出跨越。出发是首要的。并不给自己留下退却的后路。旅行如是，人生亦然。

318线被称为中国的景观大道，选择骑行这条路一是对于藏地的向往，二是进行内心修行，再者就是希望观看那些奇特景观与风土人情。可骑行毕竟不同于观光，每日必需到达一处乡镇才能免得夜宿荒郊野外，于是旅程变成了每日与体力、毅力的博弈，但每日脚下的路即是当下一切，简单、坚定而心无旁骛，在磨炼中回到人最原始的状态。于是，很自然的，与路上自然的一切和谐相融，并不觉得自己是个闯入者，也没有自驾游人一惊一乍的心态和猎奇式的摄取，因而颇得藏民们的温厚相待。没有住过什么"风情园"去"感受藏族生活"，而是实实在在地住在藏民的家里，或是二十块钱就能得到一个床位的骑行驿站，和藏人一起吃糌粑、藏面，和上山自己采的菌子，寒冷的夜间围着火炉烤火喝酥油茶，教藏族的小孩子们画画，和磕长头的人互相对以诚挚、肯定的目光。那段时光自然、淳朴，简单得就像骑车累了把车子扔在路旁自己往草地上一倒就能嗅到满溢的植物清香。身体纵然疲累，心胸却是豁然的。每次在高海拔缺氧状态下的山路上缓慢而费力地骑行时，若是遇到藏人，必然会得到一句带着满面笑容的"扎西德勒"，那笑容声音朴实温暖，顿时给人力量。想来那段时间我在物质上全部所有无非一辆单车和一包衣物，但因没有欲望，内心充足而愉悦。其实很多时候人们想要的太多，却都与生命和生活的本真无关。

后来有一次和朋友吃饭，没有做到"光盘行动"，朋友感叹说想到那些偏远地区人们都还不富足，我们却要浪费，就有一种负罪感。她的想法我自然赞同，但也因经历想到另外一点：大城市人虽物质琳琅，却因而容易迷了眼目，碍于外物的绑架，心里未见得愉快，偏远地区的人自然物质不繁复，但在饱腹的状态下无过多欲求，内心清洁，欢乐也简单得多。所以究竟是谁可怜，实在难说。

十分喜欢劳作收割的场面，骑行中每遇藏人收麦，便不由得停下车来观看，有时也与他们连带着肢体动作聊上几句。藏族妇人平日里衣着朴素，通常着灰色衣裙，但头巾艳丽，俯身在农田里只见玫粉色、紫色、蓝色、草绿色的头巾，高低起伏，是对生活抱有积极面对的态度的显示，她们面容坚毅俊朗，起身时的笑容自有一份淡定从容，麦草被打捆后五六捆聚成一小垛，男人们身背大捆的干草走在蓝天下的山间，他们的房屋就散落在缓坡上，房顶上也堆放着麦草。人们的劳作方式原始，勤勤恳恳，偶见有小伙子打马归来。他们不依赖于电子设备来打发时间，纵是闲暇也身处自然，哪怕只是喂喂牦

牛晒晒太阳，懂得沉默和保持某个状态的清空与安然的感受。

　　而在大城市最常见的，是人们无时无刻不用各种方式来把脑袋填满，无法容忍一小会儿的独处与平静，在地铁上无一不要拿出手机来看各种新闻、打游戏，目不暇接，脑内信息膨胀，人也浮躁难安。这显示的是一种精神的匮乏，尚不足以支撑自己。

　　沿318国道从成都到拉萨全程2166公里，共翻越海拔5000米以上的高山2座，4000米以上的高山10座，全程骑行大概一个月，几乎每天都要翻山，因而无论对于体力还是意志力都是不小的挑战。同时要沿窄小山路与大渡河、金沙江、澜沧江、怒江、帕隆藏布江等汹涌湍急的江河同行，路途艰辛且多危险。但一路景色壮丽，除大江大河外，有雪山、原始森林、草原、冰川以及峡谷，都是世所罕见的风景。

　　在这一路上颇多与自己的较量，心灰意冷的几次大多都忍耐、坚持、克服，但仍有两次以为自己会死去，所以记忆深刻。

　　一次是从理塘到巴塘的路上，因为路程漫长，很多人会选择在之间的一个禾泥乡住下，但我到达乡里时尚是中午，于是选择继续前行。这段路都是原始土路与石子路，又因在修路，扬尘吃土、一路颠簸自不必说，可那天在干粮未带足的情况下又坏肚子，虽与朋友合吃了一袋面包，但在长途骑行中

仍觉腹内空空，身体虚脱无力。在理塘与巴塘之间要翻越一座海拔 4685 米的海子山，然而骑了很久都没看到山在哪里，望着茫茫长路没有目标，只觉"此路漫漫无绝期"。等到土路终于变成水泥路时，真正的爬山也便开始了，而我已经完全没有力气。坐下来休息了很长时间，摸出口袋里最后一颗糖，剥开，吃掉，凝望着面前的坡路许久，最终靠意念鼓起最后一口气拼命爬坡，气喘吁吁，同时身边过去了两辆车顶放满单车的面包车，是从理塘搭车到巴塘的骑友。此时爬坡已是在海拔四千米以上，气压只有海平面的一半，气喘加无力，幸运的是终于见到前面飘扬起了风马旗——这说明山顶要到了。可那段路于我而言是那么漫长，终因没有体力而不得不下来推车，纵使知道推车更加耗费力气——最后还是一屁股坐在了地上。眼见天要黑了，此时高原的夜风吹起，寒意袭人，不禁心有恐惧。朋友无奈，指着前面的风马旗说，垭口不远了，一口气骑上去吧。那时的我已经瘫软，"你走吧，别管我"这种话都想说出来，可是知道即便我说了只会被骂，于人于己无益，不拖累人的方式只有一个，就是站起来继续。

终于用手撑地将自己的身体撑起，极为缓慢地又开始蹬车，然而就在这时天空乌云密布，雨水突然打落了下来，寒风强劲一阵冷似一阵，头盔上的雨水随着高原上的夜风飘落，我不禁顿时眼里充满了泪水，知道如果不能到山顶过垭口下山，在这里饥寒交迫必死无疑，没有选择，能再往前一步便是一步。然而我终于还是到垭口了，终于看到了那个"海拔 4685"的牌子，也是在那一瞬间，雨骤然停了。

我相信这并不是巧合，而是上天对我的考验。

所幸后面的路都是下坡，眼见天黑，想到海子山一带是抢劫频发区，于是在下山路上看到海子山警务山便借宿了，吃了警察叔叔一大盆饭，捡回了一条命来。

另一次是在骑行色季拉山时，上山时狂风暴雨，下山时又加上冰雹，天气状况的恶劣和极高的海拔导致身体极度寒冷，雨水使得我视线不清、手指冻得麻木握不住刹车，在曲折、陡峭、颠簸且有多处 270 度大转弯的下山路上十分危险，后来想想，能安全下山多亏老天眷顾，自己也是觉得后怕。

纵使有这诸多危险，纵使遇到过泥石流、涉水区、落石和简直不能称为路的烂路，纵使一路多以馒头大饼与榨菜充饥，纵使被晒成黑炭色素沉积无法恢复，纵使途中几次有骑友伤亡……对于这场旅程，我在路上从未有所质疑和后退，回来后更没有后悔。我知道这是我这一生必须完成的一件事，我必须要在那条路上。

后来有人问我，在这一路上是不是收获了很多，悟出许多意义。对于这种思维我却突然反感，旅行也许就是旅行本身，它就是它自己的意义，我纵然收获很多，但我已不愿用各种"意义"来归纳它们，因为这是自作聪明的人类的模式，而旅行就是怕把自己砌在一种水泥模式里。所以，不管是自强不息的意义，还是流浪在路上的意义，要是被绑架了，其实都是在表演，不管这个词有多好听。用意义来归纳各种东西，只是人太害怕没有拐杖了，可是拐杖也是一种绑架，关键是要看是不是诚实，听从内心的声音，而不是做出某种姿态。

　　所以要说的是，出发的缘由是因为内心的呼唤与持续的信念，而不是游山玩水的一时兴起——这也是大部分人，包括很多身强力壮的男生无法坚持骑行下去的原因。更值得一提的是，旅行并不是万能的济世良方，很多人把它当成一种逃避，而只有把它当成一种直面的人才能从中有所收获。那些旅游处的生活远远没有那么美好，或许大多数的旅行之所以美好只是因为人们离开了自己的环境，而"生活在别处"，但无论是哪一种生活，都必有其自身的困扰。重要的是，在脱离固有环境束缚之时，从中找到自己的本真，确认自己，那么对待世界万物的态度便可明晰。于是知道，当回去之时，该要如何面对，应该怎样生活。这些，新都桥繁密的群星不会说，然乌平静的湖水不会说，雪山森林峡谷它们都不会说，最终，只是人在参悟与修行。

　　所以，人生"赋予意义"的方式，只是确认自己。

川藏行归京后的微博

苏笑嫣

暑期消失了一个月，欺瞒了父母及一干人等，骑着单车穿越了川藏线。沿 318 国道从成都至拉萨全程 2166 公里，共翻越海拔 5000 米以上的高山 2 座，4000 米以上的高山 10 座，沿途遇到飞石、塌方、暴雨、冰雹、狂风、泥石流，但是我做到了，我是幸福的。昨天回到家，发现自己变成了印第安人。

1．第一天。成都到雅安。160km。以武侯祠为标志出发——中午在邛崃的警局休息吃包子。晚上到达雅安的马踏飞燕雕塑。第一次山地车骑行就骑出这么远，并且路上只吃了两个包子，我废了，到了骑行驿站直接趴下不能动弹。

2．第二天。雅安－天全－新沟。87 千米都是起伏路，途中大雨，全身淋透。第一次遇到飞石，只是和过了金沙江之后的飞石比是小巫见大巫了。老虎嘴隧道坑洼不平，且没有灯盏，大货车在隧道内回声巨大，让人心生恐惧。新沟处于山的背面，已经被淋湿的衣物都干不了，只得一直用吹风机烘干。

3．第三天。新沟－二郎山－泸定。出了门就是坡，这一天翻越川藏线上的第一座山二郎山，在云雾缭绕中盘山盘得我想唱"这里的山路十八弯"……第一天盘山，看着山下走过的路我都不知道自己是怎么上来的。今天就看到有骑友搭车了……

4. 第四天。泸定－康定。今天的路程较短，到康定较早。估计每个到康定的人都会哼哼康定情歌。早早就在路上看到"情歌故乡——康定欢迎您"的牌子。康定是个有些繁华的地方，只有穿城而过的折多河和周边的青山提醒我所在何处。傍晚的广场上人们跳起了锅庄，我在彩虹桥边怅惘……

5. 第五天。康定－

折多塘－折多山－新都桥前。这天翻越第一座海拔在4000米以上的山——折多山，于是折多山就变成了折磨多的山。折多山也是藏汉分界，过了折多山就进入青藏高原了！下山以后会看到极美的风光，由于风景甚美，也由于生理期（呃……）我们在此休整了几天。

番外篇。发一些新都桥的景色。那个中午特别晒，晚上又特别冷的地方，在看似缓慢的时光中，却有着某种急

骤。夜晚的时候，酥油藏面和火炉，以及围坐在饭桌旁的人们，带给我积聚下来的白日阳光的温暖。

6. 新都桥－高尔寺山－雅江。今天翻越海拔4412的高尔寺山，上山的时候很给力，我们向着前方的云骑行，看着植被从树木变为草甸。下山的路却是极差无比，窄窄的搓板路却没有护栏，又要小心急弯和大货车。在这一路障目的灰土和泥泞中前行，我的山地车变成了

越野车，等到雅江我就成了矿工。

7. 雅江－相克宗村－剪子弯山－卡子拉山－158道班－理塘。其实这是三天的路，全程烂路，灰土四起，泥巴满地，极其考验意志力，是我觉得川藏线上最烂的路……而且在山上找住宿都困难。理塘海拔4014有"世界高城"之称，在这里吃的连锅汤特别美味。给大家看看这条给坦克走的路好了。

番外篇。"此行莫恨天涯远，咫尺理塘归去来。"这是仓央嘉措最后的诗。理塘是他的情人玛吉阿米的故乡，也据说是他转世的地方，抱着对传说的美好幻想，更因为吃了一路的土必须要洗了衣服好好休息，我们在理塘休息了一天，至今难忘在草原上看着夕阳那一幕的寂静。火焰从胸中涌出。

番外篇。听说从理塘向南可以去往稻城亚丁，以前就听说那里特别美，于是我们就拐了过去。在去稻城的路上

是令我惊奇的旷美，冷色调的高山海子、大块大块裸露的石头、眼波流转的骏马。可是等到了稻城，那里什么都没有。稻城的风景在到稻城的路上。亚丁很美，只是少了我爱的那种粗犷。

8. 理塘－海子山警务站，这是我骑行以来第一次哭。爬海拔4685的海子山，之前都是烂路，还坏肚子，最后虚脱没有力气。六点，高原寒风吹来，如果不能下山在荒无人烟的山顶会被冻死。腿软着努力骑却又下雨，很绝望，偶尔有越野车却都疾驰而过。眼泪掺在雨水里瞬间流下来。终于下坡，当晚住在海子山警务站。

9. 海子山－巴塘－金沙江－温泉山庄。过金沙江大桥进西藏界了！清晨凉爽下山，经过六个没有灯的长隧道，且有的出去后就是270度的大转弯，有骑快的骑友眼睛还没缓过来就冲下山去……巴塘日晒特别严重，我们被晒脱皮。过金沙江大桥

的塌方区，逆风爬到达温泉山庄，在金沙江旁泡温泉！不过过了大桥就没信号了……

10.温泉山庄－宗巴拉山－芒康。今天要被雨水折腾崩溃，时下时停，不停地穿脱雨衣，而且这路况……这真的是国道吗？在一路泥泞磕绊中前行，还要小心不要被过路的越野车溅一身，中途有长陡坡和拦路要糖的小孩子。但走过这些路骑到高海拔便是满眼绿色草甸的风景。芒康是三条进藏线路的交点。

11.芒康－拉乌山－如美。今天行程轻松，爬一座不太高的拉乌山，但上坡路况不好，途中因为要避让一辆大卡车加上石子一滑，差点冲下悬崖，吓了一身冷汗。路过三个休息的哥们，一个说"那是个姑娘……吧"，这个"吧"字彻底伤了我的心……下坡较陡，一路沿澜沧江飞奔，路上竟有只羊跟着我跑……如美太小太热了。

12.如美－觉巴

山－登巴－荣许兵站。很多人爬得崩溃，因为一直陷在横断山脉爬几十公里坐标不变只变海拔，感觉像一直在原地打转……在我满头汗的时候徒步客搭车就上去了……但有修路的大叔给我唱"妹妹你大胆地往前走"很温暖。下山小歇继续爬到兵站。今天特别爽的是，我一路把男同志们都甩在后面

好远！

13．荣许兵站－东达山－左贡。在荣许和一屋子的男生睡在一个房间里，早上起来吃馍，爬川藏上第一座海拔5000以上的山——东达山。爬山时除了下了会儿雨并没有我想象的费劲。下山土路一路颠簸，下了瓢泼大雨，同行的朋友又在和我怄气，所

以当我一个人在大雨中骑到左贡时真是冷得发抖又伤心。

14．左贡－邦达－业拉山－怒江72拐－八宿。这是两天的路程，但到邦达的103km是休闲级别没什么好提的，而邦达就是一个三角形的小街，并且那风呜呜的。爬进业拉山就爬进云层中，怒江72

拐是每个骑行者向往的刺激的下山。但是拐得难度太大，据统计车队每十个人就会有2人在此摔车，所以一定要注意减速！

15. 八宿－安久拉山－然乌。在八宿晚和大家过七夕吃花生喝啤酒。第二天在山间穿行后欣喜地看到麦地和劳作的人。中午吃面条吃得我看见鞋带就想吐，路上又有搭车的骑友。在垭口的海子旁小坐，下山离雪山很近，冷，最后出现保护走廊，安目措湖出现，然乌镇也到了。住在湖旁，看着湖水唱着《鱼》，天慢慢黑了。

16. 然乌－米堆雪山－波密，132km。这天觉得特别坑，前辈说这是进藏以来最爽的一天，绝大部分都是下坡，结果这是沿雅鲁藏布大峡谷漫长的起伏路。我不怕路长不怕爬坡，可我怕在长路上爬完坡又下坡又爬坡又下坡……胳膊疼腰酸背痛……但是波密终于有人吃的饭，强烈推荐跳水鸡和大饼甜馍！

17. 波密－古乡－102塌方区－通麦。路况一言蔽之：林间穿行、涉水路面、山路上著名的102塌方区。古乡的中国邮政很好看——通麦特别小，但风景很美，坐落在山间的绿树掩映中，江水就在一旁奔腾，雾气弥漫不若人间，可

惜因为下雨和天黑没有留下任何图像，但那份清新和湿润仿佛仍能感觉得到。

18. 通麦－排龙天险－鲁朗。这才是我想象中的川藏线。路是在山上生凿出来的一小条，极窄，凹凸不平，旁边崖下就是汹涌的江水，前面更是出现几乎成90度的坡，要紧紧抓住车把。下坡的时候更是惊险，还要避让车辆。排龙天险是在悬崖上已凿不出来路，于是硬在崖壁上挂的栈道。鲁朗是我记忆中最美的地方。

19. 鲁朗－色季拉山－林芝镇－八一镇。鲁朗虽美但每天都在下

雨，上山时狂风暴雨，下山时又加上冰雹，天气状况的恶劣和极高的海拔导致身体极度寒冷，雨水使得我视线不清，手指冻得麻木握不住刹车，在曲折、陡峭、颠簸且有多处270度大转弯的下山路上十分危险，后来想想，能安全下山多亏老天眷顾，自己也是觉得后怕。

20．八一镇－工布江达－松。因为这一路都是平常的起伏路，没有山可翻越，又因临近开学，时间急迫，所以这天我们选择了搭车。松多镇就在雪山下，十分寒冷，天气多变，刮狂风时天会骤然变成黑色如同世界末日。用手电跟藏人换了一条小手链。临睡前只愿次日骑行是个好天气，将要翻越米拉雪山。可是想到第二天就要到达拉萨，却怎么也睡不着了。

21．松多－米拉山－墨竹工卡－拉萨，176km。这是行程最长的一天，中间还要翻越一座米拉雪山，所以我们早早就起床出发（寒冷天气骑行没有早餐这事相当悲惨），但上山很容易，我成为当天第三个到达垭口的人，激动得锤着车把喊："啊啊啊，川藏线上最后一座山啊！"下山在藏民家吃了碗面继续前行，后面都是我最怕的漫漫无绝期的起伏路……终于，k4632出现——拉萨到了。可我却怅然若失。

静过风铃

苏笑嫣

靠一只硕大水罐的清净过日子
在每扇风穿过的门前　被春天的呼吸　染绿
我的锁骨叮铃清脆　静过风铃
四只浆果生于发丝　青绿　有新生的酸涩

将去年前年　或是更久以前的衣服
涤荡以蓝色和清透
上面那些　被戾气摩擦的日子　就让河流带走
充满水声的双瞳　隔开时光　和其中的记忆
但路　一直在路上走着

要相信　荒瘠的缺口之后　会有草甸涌出
如同翻过折多山后　新都桥美景的等待
土石的粗粝之后　青梗与野花不远
润泽与宁静不远　日出而作　日入而息不远
因此　跋涉不远

和孩子们一起醉心于晨光　用知觉感受世界
像用手　握住一块　被太阳烤暖的石头
如果肥皂泡在阳光下七彩斑斓
就微笑　欣赏它的熠熠生辉
如果夜之黑一滴滴渗出
就安静　挖掘火种　从自己的体内

火把指引你走向光明
那光明由你自己构成

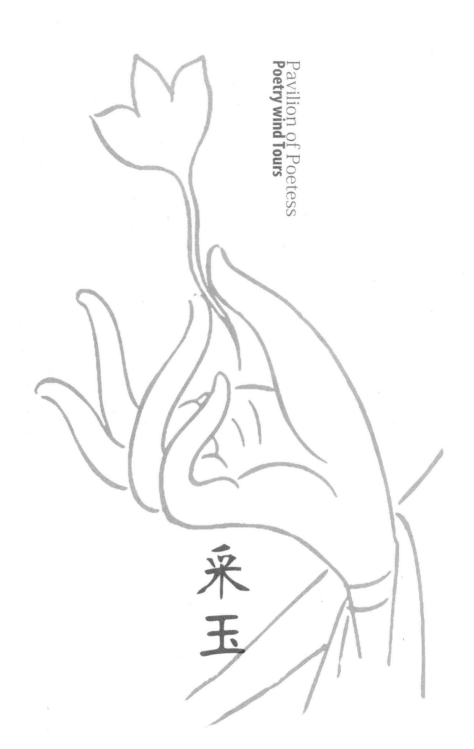

采玉

　　伊丽莎白·毕晓普 (Elizabeth Bishop, 1911—1979)，生于美国马萨诸塞州的伍斯特。1934 年毕业于瓦萨学院后，在纽约文学圈里的生活为其事业奠定了基础。诗集《北与南》(1946) 使毕晓普一举成名，且该书与另一部新诗集《一个寒冷的春天》的合集《诗集》(1955)，使她获得普利策奖，而诗集《旅行的问题》(1965) 与《诗歌全集》(1969) 牢固地奠定了她作为杰出诗人的地位。她还曾获古根海姆奖，及 1970 年全美图书奖。另著有诗集《地理学Ⅲ》(1976) 在英国出版。

伊丽莎白·毕晓普的诗歌

高海涛 译

地 图

陆地位于水中，周围绿影姗姗。
这些影子，或陆地边缘的浅滩，
标出了海草丛生的长长礁线，
海草丛生，从碧绿蔓向幽蓝。
也或是陆地倾身把整个大海托起，
不动声色，再把它拉近自己身边？
沿着古铜色的流沙细细的大陆架，
这陆地正连根托着那无边的浩瀚？

纽芬兰，这新发现的土地静谧平坦。
淡黄色的拉布拉多，是爱斯基摩人把月光
画在上面。我们还能触摸这些可爱的海湾，
放在玻璃杯下，它们仿佛会绽放蓝色花瓣，
也仿佛青瓷水罐，让无形的小鱼畅游其间。
海边小镇的乳名都流落到海上，而城市的
赫赫威名，则穿行在附近凸起的山脉之巅。
——印刷工也该同样激动不已，因为
不管为什么工作，超越它的总是情感。
还有这些半岛，正用手指把海水轻弹，
就像女人们，抚弄家里的院门与窗帘。

地图上的大海要比陆地更沉静，
它把波涛的形状留给陆地彰显。

所以挪威的野兔心神不宁，跑到了南方，
因为陆地之上，到处是大海的光影连绵。
国土的色泽是规定的，还是可以任选？
有不同的人民，就有不同的海岸。
但这门学问没有偏爱，北方很近，西部也不远。
比历史学家更可信的，是地图绘制者的调色板。

卡萨比安卡

爱，是那个站在燃烧的甲板上，
试着背诗的男孩。他念着："男孩
站在燃烧的甲板上。"爱就是这个孩子，
他站在那里结结巴巴地练习朗诵术，
而可怜的船在大火中行将沉没。

爱，是这个固执的男孩，还有那船，
以及搏击风浪的水手们，他们也
但愿有个教室里的讲台，或哪怕
有个借口留在甲板上。而爱
是这个燃烧的男孩。

冷春天

献给简·德薇：马里兰

没有什么像春天这样美丽。

——霍普金斯

一个寒冷的春天是这样的：
草地上的紫罗兰似有瑕疵。
大约两周时间，树木都在犹豫，
细小的叶子在等待时机，
并精心显示自己的特质。
终于有绿色的烟尘滚滚而来，
肃穆地，在你们的山峦栖止。

那些山峦，硕大而漫无目的。
于是有一天，在山峦的一侧，
一道凛冽而苍白的阳光看见，
一头小牛呱呱降生，而母牛
不再吼叫，她花费了很长时间
咀嚼胎盘，一面残破的旗帜。
但小牛，则很快翘趄地站起，
看样子，更倾向感到欢愉。

次日，天气又暖和了许多，
一棵山茱萸，绿白相间，潜入林地，
每个花瓣都像被烟头烧过，而紫荆
神色迷离，在旁边静静地站着，
一动不动，却又比所有的色彩
更摇曳多姿。四只小鹿正练习
跳过你们的围墙，而初生的橡树叶
仿佛离开了庄重的橡树，游来荡去。
嗓音好的麻雀，为夏天攒足了歌曲，
而枫树心中的霜叶，开始甩响鞭子。
沉睡的大地醒了，一英里又一英里，
从南向北，伸展绿色的腰肢。
那帽子里的丁香，悄然变白，
然后某一天，像雪花般飘落。
此刻，正是春天的夜晚，
一轮新月降临，让山峦
变得温馨。一簇簇长草
是母牛倒卧的标志，而牛蛙的鸣叫，
听起来像一根松弛的绳子又被拉紧。
还有灯光下最小的飞蛾，正在撞击
雪白的屋门，像一把把中国的扇子
色彩缤纷，银色的，或在赭黄、橙红、
深灰之上镀出银色。闪亮的流萤，
正从深深的草丛飞起，上升、滑落，
然后再上升，照耀自己向上的航程，
同时又保持降落的水平。准确地说，
很像是香槟酒的泡沫，温暖而鲜明。

再过几天，流萤们将飞得更高更远，
而你们树影重重的草地，
则能够在每个夜晚提供
这种特殊的发光的贡物，
直到整个夏天。

海　湾
致我的生日

在这样的低潮期，水是多么浅而透明，
白色是泥土破碎的肋骨，坚挺而炫目。
船是干爽的，木桩像一根根火柴，
吸收着，而不是被什么吸收，
海湾的水从不打湿任何东西。
火焰的颜色变得尽可能微弱，
你能嗅到它正在变成煤气，
而如果你是诗人波德莱尔，
它就可能变成好听的音乐。
挖泥机工作在码头的末端，
玩弄着干透了的不规则的黏土。
鸟儿巨大。鹈鹕正以不必要的猛烈
撞入这奇异的空气，在我看来，
就像尖嘴锄，比不上衬托它的
景物，遂带着滑稽的翅膀飞走。
黑白两色的战斗鸟盘旋，
在莫须有的筏子的上空，
尾巴张开着像弯曲的剪刀，
或像绷紧的鱼骨，直到它们颤动。
海绵采集船来来往往，散发霉味，
而风像猎犬般急切，竖起的鬃毛
是细木杆鱼叉及钩子，带着泡沫
作为一种装饰。一道鸡篱沿着码头
用金属丝拉起，上面挂满了鲨鱼尾，
蓝灰色的，像小犁铧般闪烁，
准备晾干后，卖给中国餐馆。

一些白木船，还堆在那里，
或围炉侧卧，或面面相觑，
不久前，它们才从狂风暴雨中被抢救出来，
如同已被撕开，却还没有回复的信。
海湾就是这样，昔日的信函总是
被扔得到处都是。嘟——嘟——
挖泥船开走了，并抓起一斗摇摇欲坠的白泥。
而所有的工作都在喧闹地继续，
杂乱而令人愉快。

夏日梦

几乎没有什么大船
再来这沉陷的古渡。
小镇上的人口也屈指可数，
两个巨人，一个白痴，一个侏儒。

还有在柜台后面打瞌睡的
好脾气的房主，以及
我们那善良的女房东，
侏儒总为她赶制衣服。

那白痴经不住一种诱惑，
去采集黑草莓，但然后
又统统扔掉，这会让那
干瘪的女裁缝哂笑不够。

在海边，那海像一件
蓝大衣，缝着双排扣——
而能为我们提供膳食的房子，
也面带条纹，仿佛一直在哭。

不同寻常的天竺葵，
在窗前开成一簇簇，
而地板铺着油毡，

协调而色彩夺目。

每个夜晚我们都倾听
长角的猫头鹰倾诉，
连灯光也长着角呢，
好像会把墙纸穿透。

巨人是女房东的儿子，
他有点口吃，却经常
站在楼梯上谈论不休，
对古老的语法，牢骚满腹。

游客中他的脾气很差，
而她倒整天其乐悠悠。
我们的卧房晚上有些冷，
但鹅羽床让人心满意足。

在黑暗中我们常被惊醒，
那是一条神经质的小河，
在海边独自梦游，然后
又继续作梦，水声楚楚。

香波语

岩石上寂静的爆炸，地衣
在生长萌发，同心圆蔓延，
灰色的奇葩。它们约定，
与月球的环形山相遇，
尽管在我们的记忆中
它们从未变化。

因为上天还要呵护我们
多年，亲爱的朋友，
你就一直这样
轻率而随便，看看

现在发生了什么。时光
不过是空的，如果生命经不起考验，

你的黑发间有群星飞过
并排列得那样璀璨，
如今飞去了哪里，如此
迅疾，而一去不返？
——来吧，让我为你洗发，
这硕大的锡盆，被岁月
打磨成月亮，银光闪闪。

雨季歌

躲了又躲，隐藏在
高高的雾里，我们
栖居的房子。上边
是磁性的岩石，披戴着雨
和雨后的虹，在那里，
血黑色的凤梨花，苔藓，
猫头鹰，以及瀑布的
白棉絮，都紧贴在一起，
亲切而心甘情愿。

在水的说不清的
年岁里，小溪流
从巨蕨的森严肋骨中
涌出并放声歌唱；
而水汽毫不费力，
就攀上丰饶的植被，
然后又回头，抱住
我们的房子和岩石，
在一朵私密的云里。

夜里，在屋顶上，
雨滴什么也看不见

只能到处乱滴，而
那种普通的褐色猫头鹰，
却会向我们证明，它能计数：
数到五——总是数到五——
但当肥胖的青蛙鸣叫求偶，
并手脚并用地跨上去之后，
它跺跺脚，飞走了。

房子是敞开的，
向白色的夜露，
向奶色的日出，
而且看上去很悦目，
它善待成群的银鱼，
老鼠，书蛀虫，大飞蛾；
还有一面墙，留给霉苔
斑驳、浑然不知的地图

被温暖的呼吸
那温暖的触摸
而变得黯然失色，
这有污迹的，可珍爱的，
欢乐！因为以后的时代
会有所不同。（噢，
这不同会杀死，或吓坏，
我们差不多全部的渺小
而阴暗的生活！）没有水

巨大的岩石将失去磁性
也不会披戴得起雨
和雨后的虹，只能
光秃秃地看着，宽宏的
空气和高高的雾散去；
猫头鹰也会走掉，而
几道瀑布会枯萎，在
泰然自若的阳光下。

六节诗

九月的雨落在屋顶上
暗淡的光线中，老祖母
和孩子一起坐在厨房里
那小巧的马维尔火炉旁，
念着历书上的故事，说着，
笑着，掩藏起眼泪。

她想着击打屋檐的雨水
和她每到秋分就流出的眼泪
都已被历书所预言，但却
仅为她这个老太婆所知。
茶炊在炉子上沸腾轻唱，
她切下几片面包，对孩子说

该喝茶了；而孩子正望着
铁壶中溢出的细小水珠
在滚烫的黑铁炉上狂舞
如同眼泪，如同屋顶上
蹦跳的雨水。收拾完毕，
老祖母就把聪明的历书

在绳子上挂起。历书像小鸟
半张着翅膀，在孩子头上，
在老祖母头上，翩翩欲飞。
茶像深褐色的眼泪，注满
她的茶杯。打个冷战，她说
觉得这房子有点凉了，又把
更多的木柴放进了炉子。

是时候了，小火炉说道。
我心中有数，历书低语。
孩子用蜡笔画了一所生硬的房子
和一条弯曲的小径。然后又画上
一个男人，他身上的一颗颗纽扣，

就像眼泪。孩子把画拿给祖母看，
一副骄傲的样子。

而当老祖母围着炉子忙碌着，
一些小月亮，却悄无声息地
从历书打开的书页间，落入
孩子在画中的房子前，精心
布置的花坛里。

是种植眼泪的时候了，历书说。
老祖母正对着小火炉哼唱什么
而孩子画出了另一所神奇的房子。

三月末

献给约翰·马尔科姆·布瑞宁和比尔·瑞德

天很冷，且有风，这种日子不适于
在长长的海滩漫步。一切都远远撤离，
潮汐变得内向，向前方退去，
海水缩紧，海鸟们形单影只，
离岸风携着冰碴儿，喧闹般呼啸，
冻僵了我们的半边脸；也惊散了
加拿大雁，一行寂寥飞过的雁队；
而在从天而降的浓密大雾里，
又把低沉喑哑的巨浪滚滚吹回。

天空比海水的颜色还深
——调子就像是羊脂玉。
我们穿着橡胶靴，踩着湿湿的沙子
正追寻一串狗的足迹（它们大得
更像狮子的脚印）。然后我们看见
一段又一段没有边际的浸湿的白线，
在海潮和海水之间上下飘动，时断时续。
终于看到了线头，像连着一团白菊，
人体般大小，被海浪冲刷着，随波涛

起伏，如呆头呆脑的幽灵，
站起、倒下、浸湿、放弃……
没有风筝，风筝线何以飘起？

我想一直走到我童年的梦之屋，
我那魂牵梦绕的密室，那是个
东倒西歪的方盒，建在木桩之上，
盖着绿色的木瓦，像朝鲜蓟，
但还要更绿（在碱水中煮过？）。
有道栅栏，是为防御春天的潮水，
那栅栏可是用铁路的枕木围起？
（关于此地的许多事都很可疑）
我打算在那里隐居，无所事事，
或不做太多的事，住两间空屋子，
就照此下去：一边用双筒望远镜看海，
一边阅读旧书，那些冗长沉闷的
典籍，并写下无用的笔记。还要
自言自语，在有雾的天气，端详
滑落的水滴，璀璨而沉实。夜晚
一杯美式烈酒，我会用粗头火柴
将它点燃，于是可爱而明净的蓝火
会在窗前摇动，并映出双影。
还得要有只煤炉，有个烟囱，
歪斜着，不过电线会把它拽牢
也许里面还有电呢——再说了，
后面还有另一根电线，松软地
系住了所有这些，以及沙丘后面的
什么物体。一盏读书灯，完美，但不可能。
那天的风太大太冷，甚至都无法
走那么远。而且毫无疑问，小屋
也早已被人用木板钉死。

回来的路上，我们的另半边脸颊
也被冻僵。太阳只出来一小会儿。
就这一小会儿，顺着沙子的斜面，
那些单调乏味、潮湿散乱的石子，

刹那间色泽各异。而那些足够高的东西，
都投下了长影，各自的长影，然后
却又收回。他们可能一直在嘲笑太阳
这头老狮子，除非此刻太阳正在他们
身后——这只在最后一次落潮时走过
海滩，并留下他巨大而高贵的脚印的
狮子，这只也许已把纸鸢掷上了天空，
以便和他游戏的狮子。

北黑文

纪念罗伯特·洛厄尔

我能看清一英里之外双桅船
的帆缆；我也能数清云杉上
新的球果。如此寂静，苍白的
海滩披上奶色的肌肤。万里无云
除了马尾云，那梳理过的修长一缕。

这些岛屿去年夏天以来没有漂移，
虽然我想装作那样——它们
漂移过，以一种梦幻的方式，
向北一点，向南一点，或者稍有倾斜，
我想装作：它们在海湾的蓝色疆域里是自由的。

这个月，我们最喜爱的那个岛繁花尽放
金凤花、红三叶草，以及紫苕，
水兰依然热烈，雏菊斑驳，而小米草，
芬芳的蓬子菜，炽烈如满天星。
还有许多，都归来了，用欢乐描绘草地。

金翅雀也重返故地，或其它类似的鸟，
白额麻雀会唱五个音符的歌，
恳求着，恳求着，眼中噙满泪花。
大自然重复自己，几乎是这样：
重复了又重复，修改了又修改。

多年以前，你告诉我就是在这里
（1932？）你第一次"发现了女孩"，
并学会了驾帆船，学会了亲吻。你说，
在那个经典的夏天，你玩得可"真尽兴"，
（"尽兴"，这个词似乎总让你茫然无措……）

你离开了北黑文，你的船抛锚
在那北方的岩石中，从此流落在
神秘的蓝里……而现在——你已是
永远离开了。你再也不能改动，或修订
你的诗篇（可麻雀却能变换它们的歌曲），
诗句不会再改变。悲伤的朋友，你不能改变。

河之人

　　在亚马逊河畔的遥远乡村，有个男人决心要成为"萨卡撒"，也就是能得到水中精灵帮助的巫医。在那里，人们相信大河豚具有超自然的力量。而"蓝丁赫"则是河里的精灵之一，它的力量与月亮有关。
　　还有"彼鲁苏"，这种鱼竟重达四百磅。以上细节及有关传闻均出自查尔斯·维格勒所著的《亚马逊小镇》一书，本诗据此写成。

那天夜里我被惊醒起床，
因为大河豚有话要对我讲。
他在我窗下，嘟嘟囔囔，
并想借河雾把自己隐藏。
但我一眼就看得很清楚，
他是个男人，和我一样。
我扯开毛毯，浑身冒汗，
我甚至脱掉了贴身的衬衫。
我跳下吊床，纵身走出窗外，
一丝不挂，而我的妻子
还在睡着，并鼾声正响。
我听见大河豚在我前面，

于是我跟着它潜入河里。
这时月光熊熊，如同火光，
就像汽油灯罩，即将烧焦，
灯花在刹那间又高又亮。
我潜入河里，听见河豚，
在游进水中时发出叹息。
我站在河水里注意倾听，
直到他从远处喊我的名字。
我踏水而入，忽见有扇门
在水中向内敞开，门开时
吱呀有声，门上水流奔涌。
这时我回头去看我的家，
就像一件洗过的白衣片，
被遗忘在空荡荡的河岸。
这时我想起了我的妻子，
但我知道自己在做什么。

他们给了我用贝壳盛的"卡可沙"酒，
还有几只精致的雕花雪茄。
烟气腾腾，在水中简直像雾，
而我们的呼吸，却不见任何水泡。
就这样我们身穿优雅的白缎，
饮着卡可沙酒，并吸着那
绿色的方头雪茄。房间里
灰绿色的烟雾弥漫，而我的头
从没有如此地感到晕眩。
然后走进了细高美丽的蛇女，
她的大眼睛绿油油而金灿灿，
就像汽船上的灯光一闪一闪。
这是大名鼎鼎的"蓝丁赫"吗？
不会错，正是她走进来迎接我。
她向我致意，用我听不懂的语言，
但当她吸起雪茄，并把烟气
吹进我的耳和鼻，我就懂了，
虽然仍然不会说，却像狗一样，
理解了她那莫名其妙的讲话。

他们领我看一个又一个房间，
还带我去布勒梅镇上，不过
很快就返回，几乎是一眨眼。
事实上，我也弄不准去了哪里，
反正有几英里吧，在水下边。

如今我已到河那边去过三次，
而且我开始习惯不再吃鱼。
我的头皮上有细细的泥沙，
而且只要闻一下梳子就知道，
我的头发充斥着河的气息。
我的手和脚清凉冰冷，而且
我妻子说，我看上去面色如水。
她觉得我的耳朵里似正在酿酒，
但我知道，那是一种难闻的东西。
每当月光熊熊的夜晚，
我都必将返回到那里，
我已经知道一些技巧，
但求知如此之难，还要
经过数年学习。他们送我玩具，
咯咯吱吱，还有淡绿色的小珊瑚枝，
以及状如烟雾的特殊草类。
（他们就在我的独木舟下）
每当月光照在河上，噢，
你想不出那该有多快，我们
在漂浮的独木舟下，来去如飞，
从上游到下游，从这里到那里，
穿越柳条编织的一个个陷阱，
趁月光在河面上流光溢彩，
去参加蓝丁赫举办的晚会。
她的房间气派，银光闪闪，
那光柱从头顶上倾泻而下，
就像在电影院。而我已经
参加了正好三次。

我需要一面处女般的镜子，

来映现那些精灵的眼神，
以便让我能辨认出他们。
这镜子应该是从没有人照过它，
它也没照过任何人。店主
曾经送给我，一打小镜子，
但是每当我拿起其中之一，
总会有邻人在我肩上偷窥。
然后，这镜子就被毁掉了——
毁掉了，就是说，无法再用，
除了让女孩们去搔首弄姿，
查看牙齿是否整齐，
或笑得是否合适。

为什么我不能志向远大？
我无比真诚地渴望着
成为威严的"萨卡撒"，
像聪明的鲍伯那样的，
像可爱的卢西那样的，
甚至，像伟大的巫师乔其姆。
你瞧，可以站起来这样推论：
我们需要的一切，
河流都可以给予。
因为它穿过丛林，
它携裹了树木、花草、岩石，
它席卷了半个世界，充盈了
大地的心脏，而大地是药
是可医治所有疾病的良方。
我们只需要知道如何找到它。
但一切都肯定在那里，
在那魔法般的泥土里，
在千姿百态的鱼类里，
无论是足以致命的鱼，
还是清白无辜的鱼。
庞然大物的"彼鲁苏"，
坚韧不拔的河龟，以及
凶神恶煞的鳄鱼，还有

树干，或沉陷的独木舟，
上面有小龙虾，小水蛭，
那些微小的电泡似的目光，
关闭又点亮，点亮又关闭。
河流是靠盐来呼吸的
它吸进盐，并吐出盐，
而这些最后都变成甜的，
在深不可测的河水下面，
在被施过魔法的淤泥中。

当月亮烧到雪白晶莹的时候
当亚马逊河发出奇异的声响，
就像煤油炉爆裂腾起
就像千百人齐声呐喊
或急匆匆地大声耳语，
我就将在那里，在水底，
沿着河龟前行的脚印，
随着珊瑚留下的标记。
凭借我用鱼骨制成的魔法斗篷
我游览之迅捷比得上思绪飘逸。
我转向自如，沿着水脉，
这亚马逊河长长的水脉，
去寻找真正的炼金药液。
我的教父和兄弟姐妹，你们的
独木舟就在我头上行驶，我能
听见你们的声音在谈论往昔。
但你们不会看到我，绝不会，
尽管你们可以向下久久凝视，
也可以用挖掘机去疏浚河底。
当月光照耀，河流仰卧大地，
并且吸吮它如同贪婪的孩子，
那时我就将投入工作，
送还你们的健康，
拿到你们的银币，
因为是大河豚选中了我，
而蓝丁赫对此深表赞许。

粉色狗

赤日当空，天色一片碧蓝，
遮阳伞以所有的情调装饰海滩，
而你一丝不挂，小跑着穿过街面。

哦，这样光洁的狗我可前所未见
全身粉红，赤裸，没有一根毛呈现……
过路人都吓了一跳，后退一步惊看。

当然，他们怕的是致命的狂犬，
而你并未疯狂，只是得了疥斑，
可你看上去聪明能干。你的孩子呢？

（根据悬垂的奶头，你还正在哺乳期）
可怜的母狗，当你出门乞讨，靠智慧吃饭，
你是把孩子藏在哪个贫民窟里，啼饥号寒？

莫非你不知道？所有的报纸都说了，
为了解决这个问题，他们对乞讨者可够凶残
不仅到处抓人，还要扔到河里，任波涛吞咽。

是的，那些傻子、瘫子、好吃懒做的人，
这样还要去落潮的脏水中钓鱼，没有
任何灯光，在郊区的夜晚。

如果他们能这样做，对吸毒的、醉酒的，或清醒的
乞讨者，对有腿的或没腿的乞讨者能这样做，
那么对病恹恹的、四条腿的狗又岂会可怜？

在路边街角和咖啡馆，有一个笑话
正在流传，说所有的乞讨者，只要
买得起，如今都穿上了救生圈。

瞧你的情况，你甚至都不会浮水，
更不用说会狗刨了，所以你看，

为今之计，要面对现实，尽量达观

可以穿上一件 fatansia 装，今晚，
你可不敢黪出来再那么难看。况且
在每年这个季节谁也不会注意

一只狗是否也会用睫毛膏。圣灰
星期三即将到来，而狂欢节就在眼前
你可会跳什么桑巴舞？要穿怎样的衣衫？

他们说嘉年华早已堕落变味，被美国人，
被无线电，或被别的什么给彻底毁了。
他们只是在说说而已，不用心烦。

嘉年华永远奇妙无比！
一只脱毛狗看上去可不雅观，
那就穿上衣衫，梳洗打扮，再去跳舞狂欢！

伊丽莎白·毕晓普——冷艳的权威

高海涛

2009 年春天，我看到美国 Farrar Straus and Giroux 出版的 Elizabeth Bishop The Complete Poems, 1927-1979（《毕晓普诗歌全集》），The Map（《地图》）一诗首先引起了我无法遏制的兴趣。而这兴趣从根源上说，又可追溯到上世纪 70 年代，我有一段当兵的岁月，在驻守武汉的第二炮兵某独立师，主要经历就是做绘图员。有那么两三年时间，可以说我每天都与地图为伴，读地图、绘地图，有时还要出去实地勘测，走遍了湖北及河南的许多陌生山野。而且我还负责师部地图库的保管工作，许多的木架子，摆放着全国几乎所有县份的地形图，都标着"保密"的字样。我经常一个人打开这些地图，一个县一个县地浏览，有时还要用鼻子闻一闻。地图是可闻的，只要有足够的时间和耐心，你就会闻出每张地图的不同味道，北方的山地和南方的水田是不同的，黄土高原的风和北方草原上的风也是不同的，铁轨和铁轨是不同的，桥梁和桥梁也是不同的。闻久了，你就会听到一条河的声音，越来越响，汹涌澎湃，让你担心那张薄薄的地图会随时被河水冲裂。

正是出于这种乡愁般的特殊情感，我译出了毕晓普的《地图》，对其中"印刷工也该同样激动不已，因为 / 不管为什么工作，超越它的总是情感"这两句尤为感怀，就仿佛是为当年的我而写的。也许毕晓普在这里更应该提到的绘图员，因为在印刷工之前，绘图员是最先为地图激动的人。

伊丽莎白·毕晓普（1911-1979），出生在美国的马萨诸塞州（该州也恰好是艾米莉·狄金森的故郡）。童年在加拿大外祖母家度过。1934 年从哈德逊河畔的瓦萨女子学院毕业后，曾数十次在加拿大、美国、拉美、欧洲、北非之间漫游和迁移。1946 年出版的第一部诗集《南与北》，确立了她在美国诗坛的地位。1952 年起在巴西定居。前后长达 18 年，1970 年返回美国，9 年后溘然长逝，年仅 68 岁。

毕晓普生前只发表过 101 首诗，但研究她生平与创作的论文却不可胜数，其中影响较大的有 3 篇，即哈罗德·布鲁姆（Harold Bloom）的《伊丽莎白·毕晓普：太阳狮》，奥克塔维奥·帕斯（Octavio Paz）的《伊丽莎白·毕晓普：缄默的权利》，谢默斯·希尼的（Seamus Heaney）《数到一百：论伊丽莎白·毕晓普》。

地理和旅行，是毕晓普终生为之着迷的主题，但这与其说出自爱好，不如说发自心结。毕晓普从小失去父母，在加拿大度过的童年岁月在《六节诗》中显示出一种因爱的缺失所带来的神秘气息和无可言说的哀伤，特别是历书意象的预言性显现，在欧美诗歌中几乎是绝无仅有的："是种植眼泪的时候了，历书说／老祖母正对着小火炉哼唱什么／而孩子画出了另一所神奇的房子"。这首诗感动了许多中国读者，可以说它不仅暗示了诗人生活转移于其间的空间座标，也象征着她艺术中回环往复的情感极限。还有《夏日梦》，虽然叙事者貌似游客，却明显地融汇了诗人童年小镇的经验，这经验是放大的、变形的，确如一个前语言状态的幻象，一个寓言或童话般的梦境。而最有意味的是诗中末尾的几句："在黑暗中我们常被惊醒／那是一条神经质的小河／在海边独自梦游，然后／又继续作梦，水声楚楚"。这条小河在某种意义上，我觉得也代表了长大成人后的毕晓普的精神形象，正如她的朋友们所观察到的，她身上总有"一种闪烁无定的随意"（莫尔），以及"一种无边的、细碎的、闪烁的孤寂"（希尼）。

毕晓普的诗风无疑是独特的，布鲁姆曾经用"高度客观性"这个术语区分毕晓普的诗歌和美国流行的自白派诗歌。自白派诗歌更多关注个人情感的抒发和发泄，而毕晓普却不是这样，她的诗十分重视客观性事物，对大自然和世界充满了难能可贵的尊重和好奇，因而她的诗在整体上具有这样的质地，那就是素雅而精致，准确而奇特。而这样的诗相对而言是更难译的，如《海湾》中对海鸟的描写，对堆积木船的描写，对码头的描写，都在准确和奇特之间保持了一种均衡的张力："鹈鹕正以不必要的猛烈／撞入这奇异的空气，在我看来／就像尖嘴锄，比不上衬托它的／景物，遂带着滑稽的翅膀飞走"。我喜欢这首诗，它就像一幅画，既是印象主义的，又是超现实主义的。如果把这幅画挂在房间里，一定具有恰到好处的装饰性效果。

　　如果要用一个词来概括毕晓普的诗风，我想最恰当的就是"冷艳"。据说在美国诗坛上，许多女诗人都曾因和毕晓普有过交往而引为骄傲，但毕晓普却拒绝自己的作品被收录到任何女诗人选集。她只有一部薄薄的《诗歌全集》奉献给世人，她与诗歌中的事物和诗歌外的事务都始终保持着一定的距离，冷静超然，芬芳自现。

　　冷艳是灵魂的品位与格调，是内在的生命形式，并不完全等于诗的客观性。布鲁姆所谓的"高度客观性"作为权威话语，我觉得主要是表现了一种批评策略，即他是要借毕晓普的客观性和情感的内敛来强调诗歌的独创精神，也就是"个人化的修辞立场"，从而对自白派诗风的泛滥给予反思，以避免自我迷恋和浮泛的抒情。但我们并不能因此就用"客观性"来简单化地理解毕晓普的诗，仿佛毕晓普的诗仅仅是一位客观描绘生活现象的大师。如果真是这样，那么作为诗人的她就不值得被特别羡慕。

　　毕晓普的有些诗作确实很像散文，如《三月末》《冷春天》，甚至作为散文的叙事也显得简单而凌乱，但其本质仍然是诗。《三月末》的叙事结构是沿着一条风筝线寻找，却没有找到风筝，于是引出了"太阳狮"的比喻，而设想"太阳狮"把风筝掷上了天空，以便自己玩要，这设想本身也是怪诞的。与之相比，《冷春天》的意象更显细碎，除了把飞蛾想象为"中国的扇子"，把流萤想象为"香槟的泡沫"，几乎无可圈点，但正是在这无可圈点的细碎中，一个寒冷的春天显示出自己独有的特质：一些练习，一些准备，一些降生，一些犹豫，一些预言性的明亮和温暖。也许，诗人毕晓普在艺术精神上能让人想到她同时代的小说家雷蒙德．卡佛（Ramond Carver），写出的往往是简约，但意蕴却很丰饶。而且往往是出人意料之外的意蕴。卡佛说："用普通但准确的语言，去写普通的事物，并赋予这些普通的事物，以广阔而惊人的力量，这是可以做到的。"对此毕晓普一定会赞成说，那当然可以做到。

仍以小说家来比。帕斯曾把毕晓普的诗称之为"幻想现实主义"，我没找到这个概念的英文表述，不知这和拉美作家的"魔幻现实主义"（magic realism）以及中国作家莫言的"幻觉现实主义"（halluciationary realism）有什么不同。肯定是有所不同，但考虑到毕晓普多年旅居拉美（巴西），她接受某些影响更是必然的。比如《雨季歌》《河之人》，从表面上看，诗的语言也都是朴素无华，注重客观描述，但其中却显露着出人意外的幻想特质。我之所以选译了那首篇幅有些过长的《河之人》，就是因为它粼粼波动的幻想细节和整体上的幻想构思，尤其是河里的精灵之一、其力量与月亮有关的"蓝丁赫"，这是个女性的语言权威的形象，我觉得在某种意义上几乎就是女诗人毕晓普自己的形象："这是大名鼎鼎的'蓝丁赫'吗？／不会错，正是她走进来迎接我／她向我致意，用我听不懂的语言／但当她吸起雪茄，并把烟气／吹进我的耳和鼻，我就懂了／虽然仍然不会说，却像狗一样／理解了她那莫名其妙的讲话"。我就想，这是大名鼎鼎的毕晓普吗？不会错，正是她的诗吸引着我。《雨季歌》也是这样，那只会从一数到五的猫头鹰，因为青蛙在雨中的求爱和交配，跺跺脚飞走了。的确，我更赞成这样的说法，毕晓普诗歌最本质的风格，除了"观察世界"，还有"探索奥秘"，而后者在某种程度上是更显著的，至少对中国诗人和读者来说是如此。她的写作更像是一种幻想天性的自然表露，她幻想总有什么藏在事物的背后，这幻想是如此的沉溺和诚笃，以致她必须同时依赖敏锐、客观和精雕细琢的描述，仿佛只有这样才能最终找到自然和世界的隐秘。

看过一篇中国教授的论文，认为毕晓普诗歌的关键词是"逃避情感"。对这样的所谓学理，我倒是更想避而远之。不是说"逃避情感"是不可能的，而是说这对毕晓普是不适用的。《卡萨比安卡》那种仿佛发自年轻母亲的理想主义呼唤，《香波语》那种闺中轻唱般的自我关爱，还有《北黑文》

中对友人的真诚怀念，《粉色狗》中对社会边缘群体的深切同情，都让我确信，毕晓普没有逃避任何东西，她的诗充满了对自然万物的深沉挚爱和奇思异想，并用这种奇思异想为世界命名。走进她的诗，就仿佛走进了拉美作家马尔克斯《百年孤独》中所描写的那个叫马孔多的小村落："清澈的河水急急地流过，河心那块光滑、洁白的石头，宛若史前动物留下的巨大的蛋。这块天地如此之新，许多东西尚未命名，提起它们时还需用手指指点点。"

　　真的，毕晓普的内心深处有一种根深蒂固的创生感，这来自美国诗歌的独特传统，其源头可追溯到美国最伟大的启示录哲学家爱默生。爱默生说：诗人的职责是用"一种新东西"装扮自然，也就是为自然饰以新物（to adorn nature with a new thing）。这样的创生诗学影响了美国一代又一代的诗人，所以布鲁姆把爱默生看作是美国诗歌中所有最强大、最有生机的那些因素的先驱者，在美国这个实用主义／理想主义的文化模式中，创生论是一个不可忽略的中介。所有杰出的美国诗人都是某种意义上的创生论者，毕晓普也不例外。毕晓普式的奇思异想和狄金森式的幽思冥想一样，都可以说是对创生诗学的确认和重新想象。也正是从这个至关重要的角度，人们才有充分的理由确认毕晓普是继艾米莉·狄金森和玛丽安娜·莫尔之后美国最重要的女诗人，并把她牢固地安置在爱默生、坡和惠特曼开创的传统中。

　　高海涛，评论家、一级作家。毕业于东北师范大学、美国南伊利诺大学。现任辽宁省作协副主席、创研部主任、《当代作家评论》杂志主编。主要从事文学理论批评、散文写作、英美诗歌翻译，作品多次获奖。系中国作协会员、东北大学外国语学院教授，研究生导师。第八届茅盾文学奖评委。

appreciate

POETRY WIND TOURS

玛丽·奥利弗

当代美国女诗人
获国家图书奖和普利策诗歌奖
主要诗集有
《夜晚的旅行者》
《美国原貌》《白松》
《灯光的屋宇》
《新诗选》

玉上烟

原名颜梅玖
中国作家协会会员
作品见《诗刊》《人民文学》
《十月》等
入选多家年度选本

玛丽·奥利弗的沉睡

玛丽·奥利弗（Mary Oliver，1935— ），当今美国女诗人，以书写自然著称。

在森林中沉睡

我想大地记得我，
她那么温柔地接纳我，
整理好她的黑裙子，在她的口袋中
装满青苔和种子。
我沉沉睡去，就像河床上的一块石头，
在我和星星的白色火焰之间，空无一物
只有我的思想，像飞蛾一样，
轻轻漂浮在完美之树的枝叶间。
整夜，我听见这个小王国
在我周围呼吸，昆虫
和鸟儿们，在黑暗中工作。
整夜，我如同在水中，沉浮
起落于一种明亮的光。直到清晨，
我在一些更好的事物中
至少消失了十二次。

——倪志娟 译

"绝对的寂静中才能更接近自我"，每次读奥利弗，我都会想起高尔基这句话。这首诗，诗人的描述是清晰的，又是虚实相间的。诗中到处跳动着大自然的音符，是感恩，是宁静的喜悦，是心灵的沉思，是情感微妙的转换，是物我相融……我想，一首纯粹的诗是对诗人的最好报偿。

自然是诗人的乌托邦。"一花一世界，一草一浮生"。自然界里，哪怕一个微小的生命也吞吐万物，深藏宇宙。想想看，静静夜晚，繁星点点，微风送来了几声虫鸣。一个人躺在森林中，呼吸甜美的空气，静听天籁之声，在森林中安然沉睡，该是多么让人垂涎的一件事情。

这首诗语象单纯，诗风平静，明澈，给人无限的联想空间。从诗歌内部，弥漫出了一种如梦如幻的感觉。前十一行，是诗人和自然相遇的那种绝对的喜悦和宁静。奥利弗从大自然里截取了这些美的元素，并在"森林"这广阔的时空中去挖掘自己的生命体验。"黑裙子"、"口袋"、"青苔"、"种子"，这些比喻质朴而自然。我必须要提到其中的几句："在我和星星的白色火焰之间，空无一物／只有我的思想，像飞蛾一样，／轻轻漂浮在完美之树的枝叶间。"奥利弗在此给我们提供了一个"诗的空间艺术"，这是语言幻象，是从"物"的感受（星星、枝叶、昆虫、鸟儿）转移到人的灵性空间；从"看"转移到"想"，诗人的表达宁静而安详，充满了冥想的气质。这种神秘的状态描写给足了读者想象，这是语言的力量，同时让诗的层次更加丰富。

我们还是来读读结尾几句吧："整夜，我如同在水中，沉浮／起落于一种明亮的光。直到清晨，／我在一些更好的事物中／至少消失了十二次。"这是这首诗的核心部位，是从现实过渡到非现实。在此，诗歌有了更丰富的语义延伸和转换。显然，奥利弗并不是在单纯地描摹大自然，那只是表象。"消失"一词，给了我们心领神会的认知："我"的消失，其实是与"物"融为一体。诗人在追寻"我"和"物"的关系，"我"和"物"处于同种境界，换言之，"我"就是"物"的本身："我"就是石头，就是枝叶，就是虫子，就是水中的水，光中的光。诗人在流露出自己的精神追求的同时，又尽力挖掘自己的生命体验。"十二次"，只是一种象征，是深层的暗示和体验，是现实的超越，是语言现实和迷宫，是诗人技巧娴熟的体现。具体的数字非但没有减弱诗的神秘感，反而使其得以加强，同时拉伸了诗的张力。希尼说，"一个真正的诗人的任务并非表达感情，甚至不是处理感情的复杂性，而是处理语言经验"。最后一行结束全篇后，诗给人的感觉又无限地重生出来。是的，它给读者带来了另一首诗。我想，你会和我一样，停顿下来，你的思绪开始变得缓慢；你的心也会产生微妙的变化；你会体会到诗人那种阅尽沧桑之后的淡定、顿悟和开阔。

这首诗体态美好而轻盈，对自然有一种深邃的透视。具象与抽象，理性与感性结合得恰到好处。更让我惊讶和感慨的，是诗人在孤寂中的想象力。这首诗写出了人类和自然相遇中共同的感受、经验和体悟，唤醒了我们对自然中平凡事物的感恩和热爱。沉睡在玛丽·奥利弗的沉睡里，我们是喜悦的。当我们肯定一首诗的时候，其实是与我们自身对美好的追求和向往相吻合。这首诗里的每一个字，都代表着诚恳、感恩，代表着信赖、关怀，代表着美好和明亮。如果它还涤荡了你的心灵，为你的暗夜点亮灯光；如果让你再遇到一草一木时，能弯下腰身，微微一笑，那么，我愿意告诉你：诗歌是圣杯，如果你能将卓越之酒倒入其中。当然，这是我篡改的一句话，篡改谁的？呵，我忘记了。

新出图证（鄂）字 03 号

图书在版编目（CIP）数据

诗歌风赏·大地花开 / 娜仁琪琪格 主编

武汉：长江文艺出版社，2013.10

ISBN 978—7—5354—6886—4

Ⅰ.诗… Ⅱ.娜… Ⅲ.诗集—中国—当代 Ⅳ.I227

中国版本图书馆 CIP 数据核字（2013）第 185150 号

责任编辑：沉 河 谈 骁 责任校对：陈 琪
封面设计：苏笑嫣 责任印制：左 怡 包秀洋

长江出版传媒 长江文艺出版社
出版：

地址：武汉市雄楚大街 268 号 邮编：430070
发行：长江文艺出版社
电话：027—87679360
http://www.cjlap.com
印刷：武汉市福成启铭彩色包装印刷有限公司

开本：710 毫米×1020 毫米 1/16 印张：14.75
版次：2013 年 10 月第 1 版 2013 年 10 月第 1 次印刷
行数：5429 行

定价：35.00 元